헛전화

# 헛 전화

지은이 _ 김한성

초판 발행 _ 2014년 2월 20일

펴낸곳 _ 수필미학사
펴낸이 _ 신중현

등록번호 _ 제25100-2013-000025호
등록일자 _ 2013. 9. 2.

대구광역시 달서구 문화회관11안길 22-1(장동) 출판산업단지 9B 7L
전화 _ (053) 554-3431, 3432   팩시밀리 _ (053) 554-3433
홈페이지 _ http://www.학이사.kr
이메일 _ hes3431@naver.com

ISBN _ 979-11-85616-09-4  03810

※ 수필미학사는 도서출판 학이사의 수필 전문 자매회사입니다.

# 헛전화

김한성 수필집

수필미학사

# 마음을 움직이는 글

　입춘이다. 어제는 봄 날씨처럼 따스하더니 갑자기 입춘 추위가 매섭게 몰아치고 있다. 그러나 봄은 멀지 않았다.

　봄이 오면 생각나는 이야기가 있다. 어느 봄날, 공원에서 걸인이 구걸하고 있었다. 피켓에는 "저는 태어나면서부터 소경입니다. 도움을 주십시오."라고 쓰여 있었다. 도와주는 사람이 없었다.

　그때 가난한 수필가가 그 앞을 지나가다가 줄 것이 없어서 망설이다가 피켓을 고쳐주었다. 수필가가 떠난 뒤에 돈이 쌓였다. 피켓에는 "올해도 찾아오는 아름다운 봄을 저는 볼 수가 없습니다."라고 적혀 있었다. 이 문구가 사람들의 마음을 움직였다.

첫 수필집을 내고 4년이 지났다. 42년 6개월의 교직 생활을 끝내고 학교를 떠나면서, 수필을 열심히 써서 단 한 편이라도 마음을 움직이는 글을 써야지 하고 다짐했지만 헛 다짐으로 끝나버렸다.

수필 쓰기가 점점 어려워지고, 두렵다는 생각을 떨칠 수 없다. 두 번째 수필집을 엮으면서 언젠가는 좋은 수필 한 편을 쓸 수 있겠지 하는 희망을 버리지 못하고 새로운 다짐을 해 본다.

2014년 2월

김 한 성

■ 차례

# 제1부 말 무덤

# 제2부 대나무에 취하다

# 제3부 참새의 합창

# 제4부 무궁화 꽃이 피었습니다

김한성 수필집

헝겊신화

# 제 1 부
# 말 무덤

# 새로운 시작

　나는 봄과 인연이 깊다. 직장을 얻어 첫 출근을 한 날이 봄이 시작되는 삼월이었다. 초등학교에 입학하면서 학교와 인연을 맺은 후 55년 동안 한 번도 학교를 떠나지 못했다. 교육대학을 졸업하고 교사가 되었으니, 학교생활은 저절로 연장되고 말았다.

　학교를 떠날 기회가 전혀 없었던 것은 아니다. 그때는 경제개발 계획이 추진되어 농업 사회에서 공업 사회로 넘어가는 과도기여서 인력이 부족했기 때문에 임금이 후한 공장의 관리 책임자로 옮겨가는 것이 유행이었다. 학교는 교사 부족으로 심한 몸살을 앓고 있었다. 특히 시골 학교에는 교사가 떠나면 후임이 오지 않아서 연로하신 교장 선생님까지 수업을 해도 자습하는 교실이 늘어만 갔다. 나도 교사와 관리자 사이에서 고민하고 있었다. 그러나 끝내 교직을 떠나지 못했다.

몇 달이 지나자, 징병 검사를 받고 논산 훈련소에 모이게 되었다. 학교를 떠나면서 담임도 없이 생활하게 될 제자들이 걱정스러웠다. 그런데 입대도 하지 못하고 발길을 돌려야만 했다. 심각한 교사 부족으로 위기를 느낀 정부가 대통령 긴급 조치를 통해 입대 직전에 있는 초등학교 교사들을 학교로 돌아가게 했기 때문이다. 그때 머리를 깎기 위해 순서를 기다리고 있었지만, 머리를 깎지 못한 많은 교사가 다시 학교로 돌아가게 되었다. 나도 그 속에 끼어 있었다. 나의 교직 생활은 그해 봄과 함께 다시 시작되었다. 멀지 않아 교직 생활 마흔 두 번째이자 마지막 봄을 맞이하게 된다.

지금 근무하는 학교에 온 지 삼 년이 흘렀다. 이 학교로 오고부터 나는 봄을 두려워하게 되었다. 학교가 폐교 위기에 처한 소규모 학교이기 때문이다. 10년 전에 이 학교에 교감으로 근무했기 때문에 이 아름다운 학교를 살리기 위해 다시 오게 되었다. 그러나 2007학년도 입학생을 모집했으나 병설 유치원에 원서를 낸 두 명의 원생은 입학을 앞두고 학생 수가 적다고 다른 유치원으로 떠나고 말았다. 초등학교에도 두 명이 입학했지만 한 명은 며칠이 지나자 전학을 가고 말았다.

동창회와 교직원과 학부모가 학교 살리기에 나섰지만 별 효과가 없었다. 그러나 올해는 봄을 두려워하는 내 걱정도 마침표를 찍을 것 같다. 작은 학교의 맞춤형 교육의 장점을 이해하는 학부모가 늘어나고, 병설 유치원의 좋은 교육 환경과 알찬 프로그램을 알고 학생들이 몰려들기 시작했기 때문이다. 오늘은 여학생 혼자 다니는 삼 학년에 씩씩한 남학생이 전학 와서 학교가 온통 축제 분위기가 되었다.

다가오는 봄은 학교가 살아나는 찬란한 봄이 될 것 같다. 병설 유치원은 몰려드는 원아들 때문에 학급을 증설하게 되었고, 초등학교에도 전체 재학생 수보다 많은 학생이 입학을 희망하고 있다. 새봄에는 이 작은 학교의 역사가 다시 시작될 것 같아 정말 기쁘다.

나는 또 인생의 고비를 봄에 맞았다. 그때를 생각하면 지금은 덤으로 사는 셈이다. 딸이 고등학교 삼 학년이 되고 야간 자율학습을 하게 되었다. 새벽 시간에 등교시키고, 자정에 데려오기를 시작한 지 한 달이 지난 어느 날 출근길에 사고가 나고 말았다. 한 달이 고비라더니 결국 한 달 만인 4월 1일에 그것이 찾아오고 말았다. 졸음운전으로 언덕 아래로 곤두박질치는 차 안에서 내가 할 수 있는 일은 기도밖에 없었다. 동네에서 많은 사람이 뛰어 나와서 이곳에 사고가 난 사람들은 모두 죽었다고 하면서 기적이 일어났다고 야단이었다. 나는 사고 난 사실을 알렸지만 그 날이 만우절이라서 아무도 믿어 주지 않았다. 사고가 난 곳은 길이 꼬부라지는 지점이었는데 가로수와 전봇대 사이를 지나서 아래로 떨어졌으며, 그 사이가 자동차가 겨우 지나갈 정도로 좁아서 모두 믿어 주지 않았다. 내 차는 많이 망가졌지만 엔진 부분은 온전해서 10년 동안 나를 태워주었고 나는 애마처럼 아꼈다. 차가 낡아서 팔던 날 이별을 한없이 아쉬워했다. 이렇게 4월에 다시 태어나며 새로운 시작을 하게 되었다.

내 생일은 5월 8일이다. 나는 봄에 이 세상에 태어났다. 어버이날이 생일이어서 어릴 때는 어머님께 미안한 마음이었지만 이제는 손자도 생기고 내가 아버지가 되고 보니 겸사겸사 잘 된 것 같다.

매년 새 학년이 되면 학생들과 함께 새로운 시작을 한 지 42년의 세월을 보내고, 인생의 이모작을 맞이하면서 55년 동안 한 번도 떠나지 못한 학교라는 울타리를 벗어날 준비를 하고 있다.

먼저 퇴직한 친구들의 이야기를 들어 보니 학교를 떠나도 또 다른 학교가 기다리고 있다고 하니 나의 학교 탈출은 영원히 불가능할 것 같다. 친구들의 말을 종합해 보면 지금은 평생 교육 사회이므로 학교를 나오더라도 또 다른 학교에 입학해야 한다니 어쩌면 좋을까? 먼저 하바드 대학에 입학해야 한단다. 그렇게 멀리 가야 되느냐고 하니 아주 가깝단다. 온종일 하는 일 없이 바쁘게 다니는 곳이 하바드 대학이란다.

그곳을 마치면 동아대학에 가게 된다고 한다. 동아대학은 남녀 공학인데 동네 아주머니, 아저씨들과 어울려 함께 공부한다고 한다. 다음에는 종일 와이프(아내)와 함께 지내는 하와이 대학, 그다음에는 동네 경로당 부설 동경대학, 그리고 지하철 타고 방황하는 지방대학, 방에 콕 처박혀 지내야 하는 방콕 대학, 마지막으로 북망산을 바라보며 천국을 소망하며 죽음을 맞이하는 북경대학까지 마쳐야 한다니 내가 학교생활을 마치자면 아직도 멀고 먼 것 같다.

'봄'이란 글자를 써 놓고 자세히 보고 있다. 영어의 스프링(spring)에서도 튀어 오르는 움직임의 느낌을, 봄 춘春이란 한자에서도 햇볕을 받아 한 층 한 층 땅을 뚫고 나오는 새싹들의 움직임을 느낄 수 있다. 누구는 봄이란 글자에서 동물의 머리에 뿔이 나오는 모습을 상상한다고 하지만 나는 봄이란 글자를 들여다보면 네모난 밭에서 싹터 오르는 새싹들의 모양을 땅 속에 숨어 있는 싹의 모습까지 볼 수 있다. 봄에는 손자 강민이의 아랫잇몸에 새싹처럼 예쁜 앞니가 돋을 것 같다.

# 잘 갈아보자

기저귀, 연탄불, 선거 이 세 단어의 공통점은 무엇일까? 퀴즈를 맞히려고 한참 동안 생각한 끝에 '잘 갈아야 한다.'는 답을 얻을 수 있었다.

선거철이 돌아왔다. 갑자기 지나치게 친절해진 사람들이 자주 눈에 띈다. 이때면 초등학교 시절 아무것도 모르면서 "못 살겠다, 갈아보자."면서 확성기를 달고 지나가는 선거 유세 자동차 뒤를 따라가면서 구호를 외치던 일이 생각난다. 민주당 차가 지나가고 나면 "갈아 봤자 소용없다, 구관이 명관이다."라고 외치는 자유당 선거 방송 차가 나타났다. 우리는 그 차도 따라다녔다.

대학교 다니던 때였다. 시골에 계시는 부모님을 떠나 중학교에 입학한 동생과 함께 자취 생활을 했다. 그때 가장 힘들고 귀찮은 일이 연탄불 갈기였다. 늦게 갈아 가물가물하는 불에 착화탄을 얹고 야단을 부려보지만 시기를 놓쳐서 꺼진 불 때문에 밥을 굶을 때도 있었고, 냉방에서 떨며 밤을 새운 적도 자주 있었다.

간혹 어머니께서 올라오시면 한숨 돌릴 수 있고 밥도 반찬도 수준이 높아졌다. 연탄불 하면 잊지 못할 일이 있다. 그날은 내가 학년말 시험을 치른다고 어머니께서 올라오셨다. 평상시 공부를 게을리 했기 때문이기도 하지만 교대의 교과목 수가 너무 많아서 벼락치기 시험공부를 하고 있었다.

자정이 지나자 어머니께서 일어나시다가 힘없이 쓰러졌다. 놀란 나는 어쩔 줄 몰라서 쩔쩔맸는데 잠시 후 동생이 일어나면서 역시 비실비실 쓰러졌다. 정신이 없는 중에도 어머니는 "야가 왜 이러노." 하며 동생을 잡으려고 안간힘을 다 쓰셨다. 나는 연탄가스라는 생각이 들자 문을 열어젖혔다. 주인집에서 김칫국을 가지고 와서 먹이고 야단법석을 치른 뒤 다행히 아침에 모두 회복될 수 있었다. 자기 직전에 간 연탄이 원인이 되어 큰 홍역을 치렀다.

손자가 태어나고 일 년이 되자 서울에서 직장 생활을 하는 며느리를 위해 손자를 데려와 일 년 동안 키울 수밖에 없었다. 금요일 저녁에 대구에 와서 일요일 저녁에 서울로 가는 엄마와 떨어지지 않으려고 매달리는 손자를 떼어 놓는 일만큼 손자의 기저귀 갈기도 쉽지 않았다.

기저귀도 연탄불처럼 적시에 갈아 주어야 한다. 잠시만 늦어도 찝찝해서 발버둥 치며 울기 시작하면 갈기가 무척 어려워지기 때문이다. 요사이는 기저귀 색깔이 변하며 때를 알려 주지만 늘 들여다보고만 있을 수 없어서 시기를 놓칠 때가 많다. 특히 할머니가 있으면 괜찮지만, 할아버지가 당번이 되면 때도 놓치지만, 방법도 어설퍼서 서로 애를 먹는다.

연탄불과 기저귀보다 더 잘 갈아야 하는 것은 선거를 통해 지도자를 뽑는 일이다. 우리는 성의 없이 기권하는 등 선거를 통해 옳은 사람을 뽑지 않으면서 잘못을 엉뚱한데 돌릴 때가 잦다. 곰곰이 생각해 보면 선거를 통해 아름다운 선택을 했을 때 아름다운 결과를 만날 수 있다는 진리를 잊고 살기 때문이다. 우리는 적당할 때 갈아야 하는 기회를 놓쳐서 축축한 기저귀를 차고 연탄불이 꺼진 냉방처럼 싸늘한 세상에서 살아가면서 잘 갈지 못한 잘못을 깨닫지 못한다.

갈기만 하면 되느냐? 아니다, 잘 갈아야 한다. 생각나는 이야기가 있다.

전쟁이 한창일 무렵 보급품이 끊겨 병사들이 곤란을 당하고 있었다. 어느 날 보급품 장교가 나타나 병사들에게 말했다.

"지금부터 좋은 소식과 나쁜 소식을 전하겠다."

"좋은 소식은, 팬티를 다른 것으로 입게 될 것이다."

병사들은 한 달간이나 팬티를 갈아입지 못한 터라 기뻐서 함성을 질렀다.

"이번에는 나쁜 소식을 전하겠다."

"자, 지금부터 옆 사람과 팬티를 바꿔 입는다. 실시."

우리는 선거철이 되면 잘 간다면서 옆 사람의 팬티를 바꿔 입는 것처럼 별로 다를 것도 없는 사람을 뽑아 놓고 세상이 변하기를 손꼽아 기다리고 있다. 얼마나 어리석은 일인가.

연탄불도 알맞은 시간에 구멍을 잘 맞추어 정성을 다해 갈아야 따뜻한 방에서 잠을 잘 수 있다. 기저귀를 갈 때도 먼저 아기의 몸을 잘 씻기고 안팎과 앞뒤를 잘 구분해서 제대로 갈아 주어야 한다. 기저귀를 차고 있지 않은 것처럼 편안하도록 해 주어야 아기의 얼굴에서 웃음을 볼 수 있다.

국민이 정신을 차릴 때가 되었다. 난장판 국회로 통하는 18대 국회가 마지막으로 한 일은 국회의석수를 300석으로 늘리는 공직선거법 개정안을 처리한 것이다. 민생이 어렵고 실업자가 늘어나는 어려운 시기에 국회의원 1명당 임기 동안 32억 원의 세금이 나간다는데 줄여야 할 의석수를 늘리고 말았다.

분통이 터지는 것은 내로라하는 국회의원들이 하나같이 개인적으로는 반대해야 하지만 당론을 따라야 하므로 어쩔 수 없었다는 변명을 늘어놓는 방송까지 들어야 하기 때문이다.

조금만 불리하면 국민을 위해서, 국민을 최우선으로 하기 위해서라며 온갖 기구를 동원해서 문을 부수고 명패를 던지고 멱살을 잡고 온몸으로 저항하여 난장판 국회란 이름을 얻은 그 항거 정신은 어디로 갔는지.

나쁜 놈은 나만 알뿐 남을 알지 못한다는 나쁜 놈에서 나왔다고 한다. 이제 과연 나만 아는 나쁜 놈은 누구인지 잘 살펴 나쁜 놈을 뽑지 않는 올바른 선거를 해야 한다.

마음에 드는 것은 헌법 41조 2항 국회의원의 수를 200명 이상으로 한다는 하한선만 규정한 모자란 법에 국회의원 상한선을 명시하라는 국민 서명 운동이 벌어지고 있다는 사실이다. 이번에 국회의원의 상한선과 하한선을 같도록 의석수를 줄이는 운동을 펼쳐 민심도 모르고 말귀도 알아듣지 못하는 국회의원들의 이번 처사에 국민의 힘을 보여 줄 필요가 있다는 생각을 해 본다.

그래도 살만한 것은 이 글을 쓰는 중에 브라질 월드컵 예선에서 우리나라 축구팀이 쿠웨이트를 2대 0으로 이기고 월드컵 최종 예선에 진출했다고 한다. 감독이 선수들을 잘 뽑았기 때문에 이길 수 있었다고 한다.

이 세상의 모든 변화는 사람을 통해 이루어진다. 어떤 사람을 뽑느냐 하는 것은 바로 일의 성패와 직결된다. '상인은 이

윤을 남기는 것이 아니라 사람을 남긴다.' 소설 『개성상인』
에서 읽은 한 구절이 생각난다.

# 말 무덤

한대마을을 찾았다. 경상북도 예천군 지보면 대죽리에 있는 말 무덤을 만나기 위해서다. 처음 무덤 이야기를 들었을 때는 개 무덤, 소 무덤처럼, 충성스런 말을 묻은 곳으로 알았다. 그것은 얼마 전 영천에 있는 삼 사관학교를 방문했을 때 활과 빠르기를 겨루다가 장군의 판단 착오로 죽게 된 말 무덤 이야기를 들은 뒤라 더욱 그런 생각을 하게 되었다. 그러나 뜻밖이었다. 그것은 입에서 나오는 말을 묻은 말 무덤〔言塚〕이었다.

약 500년 전에 만들어진 것으로 전하는 이 무덤은 여러 문중이 함께 살았기 때문에 작은 말 한마디가 불화의 씨앗이 되는 경우가 많아 마을이 잠시도 조용할 날이 없었다. 하루는 한 나그네가 지나가다가 마을 사람들의 걱정을 듣고 이곳의 산새가 개 짖는 형상이라 마을이 시끄럽다고 했다. 그래서 마을 형상 중 개의 송곳니 위치인 동구 밖 논 한가운데에 바위 세 개를 세우고, 앞니 위치인 마을 길 입구에도 바위 두 개를 놓아 개가 짖지 못하도록 하고 재갈 바위라고 이름 붙였다. 또 싸움의 발단이 된 온갖 말들을 사발에 담아 개가 입을 벌리고 있는 형상인 주둥개 산에 묻어 말 무덤을 만들었다. 그 이후 마을은 평온해지고 지금까지 어느 마을보다 두터운 정을 나누는 마을이 되었다고 군지郡誌는 전하고 있다.

입구에는 안내판이 세워져 있고, 13개의 돌에 새겨진 말에 대한 격언과 속담은 다시 한 번 말의 중요성을 깊게 생각하게 한다. 말에 대한 좋은 말들이 이렇게 많은 데 세상에는 어째서 말로써 말이 이렇게 많은지. 그래서인지 이곳 자치단체에서는 말 무덤을 인성 교육장으로 활용하기 위해 많은 투자를 하고 있다.

이상하게도 나는 이곳에서 입으로 하는 말이 아닌 타는 말에 대한 이런저런 이야기를 떠올리고 있다. 말 조련사가 오랫동안 같이 지내다 보니 말과 소통이 이루어졌다. 조련사가 궁금해서 말에게 물었다. 너는 어떤 녀석이 가장 싫으냐? 그야 말 머리 돌리는 녀석이지요. 또 없느냐, 있지요. 말 허리 자르는 놈, 말꼬리 잡는 놈, 그것이 모두냐, 수없이 많아서 다 말할 수 없어요, 그래도 생각나는 대로 말해 보렴, 말 뒤

집는 놈, 말 돌리는 놈, 말 바꾸는 놈, 말싸움 붙이는 놈, 말 물고 늘어지는 놈, 말 끼어드는 놈……. 갑자기 조련사의 옆에서 웃고 있는 암말이 눈에 들어왔다. 너는 싫은 녀석이 없느냐? 왜 없겠어요. 말해 봐라. 그거야 말 더듬는 놈이지요. 말들의 말을 들으면 입으로 내뱉는 말에도 통할 것 같은 생각이 든다.

우리나라 처음으로 여성 대통령이 당선되고 미국 순방길에 올랐는데 물을 흐리게 한 대변인이 있어서 말이 많다. 대통령을 보좌하지는 않고 새벽까지 술에 취해, 교포 여학생인 인턴의 엉덩이를 움켜쥐고, 욕설하고, 방으로 불러 알몸을 보이는 등 성추행을 했다는 것이다. 그래서 대통령의 순방이 끝나기도 전에 도망치듯 몰래 귀국하여 조사를 받았다. 그런데 그때 진술과는 다르게 변명 일변도의 기자 회견을 가져 더욱 말이 많아졌다. 인턴을 가이드라고 했고, 허리를 툭 한 차례 치며 "앞으로 잘해. 미국에서 열심히 살고 성공해." 하고 위로와 격려를 했을 뿐이라고 한다. 이름 석자를 걸고 맹세한다는 말과 자기가 가진 도덕성과 상식으로는 결코 상상도 할 수 없는 일임을 국민 여러분께 명백히 말씀드린다고 힘주어 밝혔다. 그러나 여론은 변명과 후안무치의 극치라고 말한다. 말 돌리기, 두말하기, 말 바꾸기 등 말이 싫어하는 모든 것이 동원된 말장난이었다.

발설지옥拔舌地獄이 있다고 한다. 말로써 잘못을 저지른 자가 가는 곳이다. 그곳에 가면 먼저 집게로 혀를 길게 뽑는다. 혓바닥을 넓게 만들기 위해 망치로 두드린다. 그리고 쟁기로 간다니 그 고통이 어떠랴.

조상이 말 무덤을 만든 지혜를 본받아 각자의 입에 말 무덤 하나 만들었으면 좋겠다는 생각을 하며 그곳을 떠났다. 오는 길에 친구를 불러 '보리밥집'에 들렀다. 이름난 작은 규모의 식당이라 줄을 서서 기다려야 했다. 기다리면서 우연히 벽에 걸린 액자에 눈길이 갔다.

言出如箭언출여전　말의 화살을
不可輕發불가경발　가벼이 쏘지 말라
一入人耳일입인이　한 번 사람 귀에 박히면
有力難拔유력난발　힘으로는 빼낼 수 없다.

말 무덤을 찾은 나에게 말의 화살이 가슴에 깊이 박히는 순간이었다.

# 행복과 불행

　행복과 불행은 누가 더 힘이 셀까? 이솝은 이렇게 이야기하고 있다. 불행이 행복보다 몸이 튼튼하고 힘이 세다고. 불행은 기운이 세니까 힘없는 친구들을 괴롭히는 악동처럼 행복을 못살게 굴었다. 행복은 이리저리 피해 다니다가 피할 곳이 없어서 하늘로 날아 올라갔다. 하늘로 간 행복은 하늘나라에 살기를 원했다.

　하느님은 이렇게 말했다. 행복들이 모두 이곳에 있으면 나쁜 불행에 당하지 않아서 좋겠지만, 세상 사람들은 너희를 좋아하고 오기를 기다리고 있으니 여기서만 살 수 없지 않느냐? 그러니 여럿이 한꺼번에 내려가지 말고 여기서 갈 곳을 보아 두었다가 하나씩 행복을 얻을 자격이 있는 사람에게 바로 내려가도록 하여라. 그러면 괜히 여럿이 가서 갈 곳을 찾다가 불행에 붙들리지 않아도 되니 좋지 않겠느냐? 이래서 행복은 좀처럼 볼 수가 없고, 불행은 여기저기 숱하게 돌아다니게 된 것이라고 한다. 그러고 보니 행복보다 불행이 더 설치는 세상이고 행복은 도둑같이 살그머니 찾아오는 것 같다.

사람들은 누구나 행복과 행운을 원한다. 행복幸福과 행운幸運은 '다행 행幸'을 돌림자로 쓰는 형제처럼 여겨진다. 우리는 이 형제 중 행운을 특별히 더 좋아하는 것 같다. 행복과 행운은 어떤 차이가 있을까? 꽃말을 기준으로 하면 그건 클로버 잎 한 장 차이라고 할 수 있다.

나폴레옹이 전쟁터에 나가 싸울 때, 발밑에 네 잎 클로버가 있어 신기해하면서 허리를 굽혀 따려는 순간 총알이 머리 위를 '쌩' 하며 날아갔다. 네 잎 클로버가 나폴레옹의 목숨을 구해 준 것이다. 이때부터 네 잎 클로버는 행운의 상징이 되었고, 꽃말도 '행운'이 되었다.

잔디밭 한구석 클로버들이 소복이 모여 사는 곳에서 누구나 한 번쯤은 네 잎 클로버를 찾아보았을 것이다. 흔하지는 않지만 네 잎 클로버를 찾게 되면 책갈피에 소중히 보관하면서 찾아올 행운을 손꼽아 기다리기도 한다.

그곳에 함께 있던 세 잎 클로버들은 어떻게 하는가. 네 잎 클로버를 찾기 위해 밟고 내버린 그 세 잎 클로버에는 관심이 전혀 없다. 세 잎 클로버의 꽃말이 '행복'이라는 사실도 잊어버리고 만다. 우리는 수없이 많은 행복 속에 살면서 행운만을 기다릴 때가 많다.

올해는 황금돼지해라고 한다. 돼지해는 십이지간에 따라 12년 만에 한 번씩 돌아오지만 붉은 돼지해를 뜻하는 정해년은 60년 만에 돌아온다.

정해년丁亥年을 붉은 돼지해라고 부르는 이유는 오행에서 정丁이 불을 뜻하기 때문이며, 붉은 돼지는 다른 돼지에 비해 많은 복을 가져다준다는 속설이 전해 오고 있다. 올해 황금돼지해는 십간십이지와 음양오행을 따지기 때문에 600년 만에 한 번꼴로 나타난다고 한다. 올해 태어나는 황금돼지띠인 아이는 길운을 타고나기 때문에 매우 편안하고 풍족하게 인생을 살 수 있다고 한다.

물론 반대 이야기도 있다. 사람의 운명은 생년월일과 태어난 시에 따라 결정되기 때문에 태어난 해는 그렇게까지 중요한 것이 아니라는 것이다. 또 이런 민속 신앙을 믿고 출산 붐이 일어나면 오히려 경쟁이 치열해져서 입학이나 취직 등 여러 방면에서 어려움을 겪게 되어 오히려 힘든 삶을 살게 된다고도 한다. 어찌 되었건 출산 붐이 일거라는 소식은 반갑다. 저출산 때문에 걱정하는 때라 모두 싫지 않은 표정이다.

중요한 것은 어쩌다 오는 행운을 기다리다 아까운 시간을 낭비하지 말고 행복을 맞이할 준비를 해야겠다. 주변의 가까운 곳에서 작지만 소중한 사랑을 실천해서 하늘에서 똑바로 찾아오는 행복을 맞을 자격을 갖추어야겠다.

# 개구리밥

　어제까지 보지 못했는데 오늘 아침에 개구리밥이 학교 둘레 배수로 전체를 초록색으로 만들어 버렸다. 개구리밥을 보면 부평초 신세라는 노랫말이 떠오르는 것은 개구리밥을 부평초라고 부르기 때문이다.

　개구리밥도 엷은 연두 빛깔의 아주 작은 꽃을 피운다는데 올해는 볼 수 있을는지. 꽃 피는 식물 중에서 가장 작은 종류의 식물이니까 자세히 보지 않으면 볼 수 없을 것 같다. 꼭 꽃을 봐야지 해놓고는 허둥지둥 생활하다 보면 개구리밥은 금방 잊혀지고 만다. 올해는 일정을 적어 두고 매일 펼쳐보는 수첩에라도 적어두고 꼭 한 번 개구리밥의 꽃을 보고 싶다.

　개구리밥을 자세히 보면 발을 쩨기 디디고 춤을 추는 소녀의 얼굴이 떠오른다. 춤을 추다가 남편과 세 아들을 잃고 울고 있는 템나 공주의 얼굴이 떠오른다.

템나 공주는 태어날 때 유명한 점술가로부터 이런 점괘를 받게 된다. 모든 것을 다 하더라도 밤에 춤추는 것만은 삼가야 한다고 했다. 만약 밤에 춤을 추면 공주가 제일 아끼는 것을 모두 잃게 되고 만다고 했다.

원래 내성적이고 남과 어울리기를 좋아하지 않는 공주에게는 이 말이 별로 걱정거리가 될 수 없었다. 왕과 결혼하고 난 뒤부터 공주에게 춤추는 기회가 많아졌다. 자주 춤을 추다 보니 밤에 춤추지 말라고 하는 예언이 떠오를 때마다 점점 춤추고 싶은 마음이 커졌다. 그러나 어떤 일이 있더라도 서산에 해가 지려고 하면 춤을 딱 멈추고 자기 방으로 돌아갔다.

공주가 춤출 일이 줄어들었다. 이웃 나라와 긴 전쟁이 계속되었기 때문이다. 왕도 세 왕자도 모두 전쟁터로 나갔다. 그러던 어느 날 승리했다는 기쁜 소식이 전해졌다. 온 나라가 갑자기 축제 분위기로 변했다. 밤이 되자 횃불을 들고 승전의 노래를 부르는 백성들로 거리는 만원이었다. 이제까지 춤을 추지 못했던 백성들은 축하의 마음을 담아 춤을 추기 시작했다.

공주도 예언 때문에 지금까지 잘 지켜오던 밤에는 춤추지 않는다는 사실을 잊은 채 함께 기쁨의 춤을 추고 말았다.

얼마 되지 않아 슬픈 소식이 전해졌다. 왕과 세 왕자를 태운 배가 돌아오는 길에 강을 건너다가 배가 뒤집혔다는 불행한 소식이었다. 공주는 기가 막혀서 맨발로 냇가로 달려갔지만 모두 사망한 뒤였다. 백성들은 강가 언덕에서 슬피 울며 아우성치고 있었다. 템나 공주는 눈앞에 아무것도 볼 수 없었다. 너무나 슬펐기 때문이다. 눈에서는 눈물이 넘쳐흘렀다. 눈에서 떨어지는 눈물방울 하나하나가 개구리밥이 되어서 떠내려가고 있었다.

개구리밥 하나를 집어 손 위에 얹어 본다. 춤추고 있는 템나 공주의 모습 위에 울고 있는 공주의 얼굴이 겹쳐진다.

# 이별

인생이란 만남이란 씨줄과 헤어짐이란 날줄로 이루어진다. 살아 있는 자에게 반드시 죽음이 찾아오듯이 만남 뒤에는 반드시 헤어짐이 있다. 이 세상에서 영원히 살 수 없듯이, 헤어짐이 없는 만남도 있을 수 없다.

우리는 하루에도 수없이 많은 이별을 한다. 밤에는 지는 태양과 이별하고, 아침이면 밤에 만났던 달과 별과도 이별한다. 순간순간 흐르는 시간과도 이별해야 한다. 세상에 태어났기 때문에 숱한 이별 속에 하루를 살아갈 수밖에 없다. 이별은 참 슬픈 일이다. 특히 정든 가족, 친지, 연인과의 이별은 더욱 가슴 아프다. 아끼는 귀중한 물건과의 이별도 마찬가지다. 사는 것은 자세히 들여다보면 죽어가는 것이듯이 물건을 만나는 것도 같다. 물건을 사는 것은 이별을 사는 것이다. 다

닳아 버릴 때, 아니면 싫증이 날 때 이별하기 위한 이별을 사는 것이다. 어제 구두를 사면서 좋아했던 그 구두를 낡았다고 벗어 버리고 또 다른 새 구두와 만났다. 구두를 고르면서 그냥 손으로 들어 본 것, 한 번 신어 본 것, 신고 온 것 비록 만남의 길이는 다르더라도 모두 이별하고 온 것이다. 사 온 구두도 멀리 보면 구두를 산 것이 아니고 이별을 사 온 것이다.

문득 병설 유치원 어린이의 얼굴이 떠오른다. 날마다 아침이면 유치원 후문에 나타나서는 어머니와 헤어지지를 못해 조금 떨어졌다가는 다시 엄마에게로 달려가던 얼굴이 떠오른다. 직장에 가야 하는 어머니는 안타까워하면서 어떻게든 교실에 들어가게 하려지만 들어갔다가는 어느새 쏜살같이 또 달려 나온다. 이러기를 몇 번 헤어짐에 성공했지만, 어린이는 그만 울음을 터뜨리고 만다.

그러던 이 학생이 나에게 달려와 내일부터는 혼자 잘 오겠다고 손가락을 걸자고 했다. 그러더니 정말 어머니와 잘 헤어지고 있었고, 어느 날부터 어머니도 나타나지 않았다. 사람은 태어나면서 이별의 연습을 하면서 살아간다. 나무에 나이테가 있듯이 우리의 마음속에는 이별의 나이테가 새겨져 있을 것 같다. 나이테의 크기가 큰 것도 작은 것도 있듯이 이별의 나이테도 큰 이별 작은 이별에 따라 크기가 다를 것 같다. 이별의 연습을 통해 나이테가 많아지면 좀 더 익숙하게 이별을 맞이할 수 있게 되는 모양이다.

　라디오에서 이 세상에서 가장 슬픈 말과 가장 슬픈 글이 무엇이냐고 묻고 있다. 나는 이별이라고 생각하는데 '할 수 있었는데' 란 말이라고 한다. 이것도 역시 기회와 이별한 것이 아닐까?

# 중요한 마무리


한해를 마무리하는 달은 12월이지만 학교에서는 2월이 마무리하는 달이다.

아직 겨울 방학의 기분을 버리지 못하고 어영부영 지내기 쉬운 달이기도 하다. 학생들에게 2월은 졸업식과 수료식을 통해 학년을 잘 마무리하고 한 단계 더 성장하기 위한 힘찬 도움닫기를 해야 할 중요한 시기이다.

학년을 잘 마무리하기 위해 애쓰는 학생들을 보면 올림픽의 꽃이라고 하는 마라톤 경기를 떠올리게 된다. 옛날 그리스와 페르시아가 마라톤 평야에서 전쟁을 벌였을 때, 그리스의 필립 피데스라는 병사가 아테네 시민에게 승전보를 알리고자 41.195Km를 달렸던 것이 유래가 되었다는 마라톤 경기를 생각한다.

학생들도 지난 3월에 새 학년이란 마라톤을 출발하여 지난 여름방학에 반환점을 돌아 이제 막 결승점을 눈앞에 두고 있다. 그러나 마무리를 잘 못해서 망쳐 버린 마라톤 경기도 있다. 역대 올림픽 마라톤에서 1위로 골인한 후 무효가 된 사례가 두 차례나 있었다.

1904년 제3회 세인트루이스 올림픽 때 미국선수 로츠가 첫 사례이다. 로츠는 원래 5Km 지점에서 더위에 탈진했다. 마침 부근을 지나던 자동차에 실려 오면서 휴식을 취하게 되자 다시 힘이 생겼다. 자동차가 중간에 고장이 나서 정차하자 차에서 내려 다시 달리기 시작했다. 그는 우승 했다. 로츠는 우승 발표 후 대통령 딸과 기념 촬영까지 하며 축하를 받았다. 그러나 사실이 알려지자 우승은 취소되고 금메달은 힉스에게 돌아갔다. 이것이 올림픽 마라톤 사에 유명한 '부정승차' 사건이다.

1908년 제4회 런던 올림픽 때의 이탈리아 선수 도란도가 두 번째 사례이다. 도란도는 중간에 어떠한 부정도 저지르지 않았다. 그러나 문제는 마지막에 일어났다. 42.195Km를 거의 달린 도란도가 결승선을 눈앞에 두고 힘이 빠져 쓰러지고 말았다. 응원하던 임원들은 얼마나 안타까웠을까? 소리 지르고, 물을 끼얹기도 했다. 도란도는 간신히 일어나서 정신을 차리지 못하고 반대 방향으로 몇 걸음 뛰다가 다시 쓰러졌다.

어쩔 수 없이 안타까워하던 임원 몇 명이 도란도를 부축했고, 이들의 도움을 받은 도란도는 결승선을 통과했다. 하지만 결국 임원들의 도움을 받은 것은 반칙이었기 때문에 금메달이 취소되었다.

이월이면 마무리에 대한 중요성을 강조하는 이야기를 자주 듣게 된다. 마무리는 시작 이상으로 그 중요성이 크다. 시작은 새로운 마음가짐을 가지고 하지만 마무리는 지칠 대로 지치거나 뒤숭숭한 환경 때문에 대충 하기 때문이다.

마무리를 잘 하려면 지난 일을 돌아보는 성찰이 필요하다. 세워둔 목표와 계획 등을 먼저 두루 살펴 보아야한다. 우리는 실수를 창피하고 어떻게든 감추려고만 생각한다. 하지만, 앞서가는 사람들은 실수를 교훈삼기 위해 어디서 어떻게 실수를 했고 그 문제점은 무엇이었는지를 찾아내어 다음에 그런 실수를 범하지 않으려고 애쓴다. 이것이 성찰의 참 의미이다.

마무리를 잘하지 못하면 다시 시작하는 것 마저 그 끝이 엉망이 될 가능성이 높아진다. 영화를 볼 때도 그 마무리가 깔끔하지 못하고 어딘가 허전하고 부족하다는 생각을 가지게 되면 돈이 아깝다는 생각과 함께 악평을 하게 된다. 그러나 명 영화의 마지막 장면은 우리들의 기억 속에 오래도록 남아 긴 여운을 남긴다.

2월이다. 마무리의 중요성을 깨닫고 명 영화의 끝 장면처럼 깔끔하게 마무리 하자. 인생은 재 상영이 불가능한 영화이기 때문이다.

김한성 수필집

헛전화

# 제 2 부
# 대나무에 취하다

# 헛전화

    친구가 만나자고 한다. 얼마 남지 않은 인생 서로 얼굴이라도 보며 살아야지 않겠느냐는 말은 참 옳은 말이다. 이제 퇴직도 했으니 친구도 자연도 만나며, 지금까지 직장 핑계를 대면서 미루었던 일들을 하자고 한다. 뭔 군말이 필요하겠는가. 안동으로 향했다.

    점심시간이다. 정겨운 이야기로 가슴을 채웠으니, 이젠 배를 채워야지 하는 친구의 말이 너무 정겹다. 이야기에 정신 팔려 몰랐는데 밥 이야기가 나오니 갑자기 배가 고프다. 안동에는 대표적인 음식이 몇 가지 있다. 안동 간고등어, 식혜, 그리고 헛제삿밥. 친구는 헛제삿밥을 먹자고 한다.

    옛날, 안동 땅에 참 괜찮은 양반이 있었다. 자기는 날마다 맛있는 반찬에 밥을 먹는데 가난한 이웃 사람들과 특히 어린

아이들이 굶주리고 있으니 늘 마음이 편치 않았다. 그렇다고 이유 없이 먹을 것을 주면 그들의 마음이 편하지 않을 것 같았다. 고민한 결과 헛제삿밥을 만들기로 했다. 그리고 방금 제사를 지냈다고 하면서 푸짐하게 먹게 했다.

밥상이 나왔다. 사람마다 한 상씩 따로 차려 주었다. 상에는 쌀밥에 고사리, 숙주, 도라지, 무나물, 콩나물, 시금치 등의 나물과 쇠고기, 상어 산적 외에 배추 전, 다시마 전, 호박 전, 명태 전, 두부 전 그리고 간고등어와 탕국이 나왔다. 특히 식사가 끝나고 안동 식혜까지 맛볼 수 있었다. 무와 고춧가루, 생강즙을 넣어 엿기름물로 발효시킨 안동 식혜는 끓이지 않았기 때문에 유산균이 살아 있어 먹은 음식의 소화를 돕고 입안의 느끼한 기분을 가뿐하게 가셔주는 역할을 충분히 해주었다. 뜻있는 양반의 아름다운 마음이 헛제삿밥에 담겨 전해진다고 믿으니 친구의 정과 함께 어우러져서 멋진 비빔밥이 되었다.

헛제삿밥을 먹으면서 어머니를 떠올렸다. 출장 중이나 여행 중에 가끔 전화를 걸면 왜 전화하느냐고 따져 물으셨다. 별일은 없지만, 목소리라도 듣고 싶어서 했다고 하면 깜짝 놀라시면서 전화요금 올라간다. 빨리 끊으라고 펄쩍 뛰시던 어머니를. 앞으로는 절대로 헛전화하지 말라고 신신당부하시던 그 음성이 생생히 들려온다.

부지런한 어머니는 아끼고 아끼며 가난하게 사시다가 99세를 일기로 세상을 떠나셨다. 새해를 맞은 1월 5일 하관을 하는 중에 순식간에 세상을 덮는 함박눈을 맞으면서 어머니를 생각하며 울었다. 북유럽을 여행하면서 어머니께 전화를 걸려다 또 헛전화를 건다고 나무라실 것 같아 그만두었던 일이 생각나서다. 여행을 마치고 돌아오니 아내는 어머니께서 전화를 기다리시는 것 같더라고 말했다. 어머니는 절약이 습관이 되어 헛전화 타령을 하셨지만, 그 헛전화를 받고는 마음속으로 정말로 기뻐하셨다는 것을 늦게야 알았다. 그날 교통이 두절 되도록 많은 눈이 내렸다. 그렇게 어머니는 눈 속에 묻히듯 가셨다.

인터넷에서 본 동영상이 생각난다. 세계적인 축구 선수 브라질의 호나우두가 축구공을 힘껏 찬다는 것이 헛발질해서 몸이 한 바퀴 돌면서 나가떨어지는 장면이다. 욕심이 앞서서일까, 멋진 골을 넣을 수 있을 것 같다는 생각에 무리한 슛을 하려 했을까? 사진을 올린 사람은 '원숭이도 가끔은 떨어진다.'고 제목을 붙였다. 권투 경기를 보다가도 너무 강펀치를 먹이려다 빗나가서 때리려던 선수가 휘청거리는 장면을 볼 때가 있다. 그 틈을 놓치지 않은 상대 선수에게 기습을 당해 경기를 망칠 때는 정말 안타깝다.

어린 시절 우리는 운동화가 없었다. 고무신을 신고 새끼로

묶었는데도 헛발질을 하면 공은 온데간데없고 신발만 하늘로 치솟는 일이 잦았다. 고무신 따라 웃음도 하늘로 날아올랐다.

　누구나 살면서 헛발질을 할 때가 있다. 대부분은 실수로 그러지만. 우리는 눈을 뜨면 하루에도 수많은 헛발질을 보면서 마음이 서글퍼진다. 실수로 하는 헛발질이 아닌 괜한 헛발질을 볼 때가 잦기 때문이다. 협의 과정을 통해 아름다운 결정을 해야 할 국회가 폭력이란 헛발질로 난장판이 되는 일도 있다. 법을 지켜야 할 법조인들이 탈세란 헛발질을 하거나 범법자를 잡아야 할 경찰이 그들과 한통속이 되어 헛발질하는 경우도 있다. 가장 진실해야 할 과학 연구에 조작이란 헛발질이 행해지고 논문 표절, 봐주기 수사, 집단 이기주의, 뇌물 주고받기, 위장전입, 징집기피, 학교폭력 등 우리는 눈만 뜨면 안타까운 헛발질을 본다.

　오늘도 신문을 보며, 방송을 들으며 또 괜한 헛발질을 하고 있구나하는 안타까운 생각이 들 때가 있다. 헛전화라도 걸어 따지고 싶다.

# 대나무에 취하다

올여름은 유난히 덥다. 오늘도 37도 폭염 경보가 내렸다. 매주 수요일 주민 센터 2층에서 열리던 독서회 모임이 무더위를 피해 청도 각북에 있는 회원의 별장에서 열렸다. 별장 주인의 제안이 있을 때 무더위에 집을 방문하는 것은 예의가 아니라고 전 회원이 반대했다. 그러나 진심에서 우러나온 그 마음을 꺾을 장수는 없었다. 삼 년 전부터 해마다 가장 더운 날을 택해 장소를 제공하고 있다고 한다. 물론 건강식도 함께. 산자락에 자리 잡은 집에 들어서니 시원한 대숲에서 불어오는 바람이 더위를 멀리 날려 버린다.

이 모임은 한문을 배우는 모임이다. 정년을 맞아 사회봉사를 하기로 마음먹은 오 교수님이 앞산 입구에서 시작한 한문 강의가 세월이 흐르고 소문이 나서 50여 명의 고정회원이 모이게 되자 주민 센터에서 장소를 제공해 주고 있다. 교육 시간이 오전이고 주로 한문을 배우기 때문인지 회원 대부분이 퇴임하고 인생 이모작을 시작한 이들이다. 회장이 주인 내외를 소개한다. 부부는 이곳에서 가까운 초등학교 한 반에서 공부하던 동기생이라고 한다. 우리를 맞기 위해 어제 이곳에 내려와 잡초를 뽑고 환경을 손질하느라 무척 바빴을 것이란 말에 감동의 물결이 인다.

무더운 날이라 회원이 적게 오면 어쩔까 걱정했다는 주인 내외가 밀어닥치는 회원을 환영하며 진심으로 반가워한다. 새로 서양화가 두 분이 입회를 한다. 30여 명의 회원이 마루를 가득 채우자 신입 회원이 자기소개를 한다. 그 중 한 사람이 백호 크기의 연꽃을 그리며 더위를 이긴 이야기를 하자 지난달에 입회한 서당을 운영하는 회원이 주돈이의 애련설을 곡조를 붙여 노래한다. 연꽃 향기가 조용히 마루를 감돌아 산자락으로 사라진다. 이어서 한의원 원장이 이 자리의 행복을 비는 축가를 불러 흥을 돋운다. 그리고 즉흥으로 한마디씩 하는 가운데 지금까지의 삶의 지혜와 살아온 자취가 멋과 향으로 묻어난다.

차례가 되어 나도 한마디 해야 한다. 무슨 말로 이 분위기를 식히지 않고 달굴 수 있을까. 주인이 여덟 기둥에 주렴처럼 정성스레 써 붙인 한문 문장이 눈에 들어온다. 그중에 '송

죽 청절 불변처松竹靑節不變處'란 글귀가 마음을 잡는다. 산자락에 위치한 집 주위는 대나무로 둘러싸여 있고, 아름드리 소나무가 솔 향을 날리고 뒤에 서 있다. 주인에게 대나무는 언제 심은 거냐고 물어 본다. 집을 짓기 전부터 있었다고 한다. 대나무 바람과 댓잎 소리. 이곳은 이미 처서處暑다. 그칠 처處, 더울 서暑. 24 절기 중 더위가 그침을 알리는 처서는 아직 열흘이 남았다. 처서는 한꺼번에 찾아오는 것이 아니라 이렇게 부분적으로 찾아오는 것 같다. 오늘 우리 모임 자리에 먼저 찾아오지 않았으면 어떻게 이곳이 이렇게 시원할 수 있으랴. 나는 대나무에 배우고 싶은 다섯 가지를 말한다.

뿌리가 단단하여 잘 뽑히지 않고〔固〕, 성질이 곧아서 똑바로 자라며〔直〕, 속이 비어서 욕심이 없고〔空〕, 사철 변하지 않고 푸르며〔靑〕, 마디가 있어서 정절을 나타낸다〔節〕. 대나무가 무서운 비바람을 잘 견뎌 내는 것은 빈속과 마디 때문이라고 한다. 죽오훈竹五訓을 듣는 회원들을 둘러보니 일곱 명씩 상을 마주하고 앉아 있으니 죽림칠현이 이 자리에 다시 모인 것 같다.

주인이 산에서 캔 온갖 약초에 삶은 닭 요리와 울금 막걸리를 내왔다. 이야기는 자연스럽게 음식과 건강 이야기로 넘어간다. 울금이 좋은 점을 주인이 이야기하고 산에서 캔 약초를 하나씩 설명한다. 이 귀한 약초를 아낌없이 넣어서 닭을

삶았다니 그 정성에 탄복한다. 건강을 유지하는 비결을 서로 공개하며 열을 올리니 이곳은 어느새 건강 교실이 된다.

이 모임은 대체로 오 교수의 주 강의가 끝나면 회원들이 순서를 정해 돌아가며 자유 주제로 평생을 통해 닦은 전공과 삶에서 얻은 지혜를 펼치는 강의가 이어진다. 전공이 다르고 삶이 다르니 주제는 너무나 넓고 다양하다. 이곳이 아니면 듣지못할 명 강의가 주일마다 이어지니 다음 주에는 무슨 강의가 이어질까. 궁금해하며, 이날을 손꼽아 기다릴 수밖에 없다. 지난봄에는 오 박사가 갑자기 골절상을 당해 한 달을 입원하게 되었다. 그러나 강의는 쉬지 않고 이어졌다. 회원들의 다양한 강의로 메워졌기 때문이다. 오 박사의 한문 강의의 특징은 경서를 교재로 쓰지 않고 우리의 옛 선인들의 글을 교재로 삼는다. 어우야담, 삼국유사, 고금소총 등 수많은 고전에서 흥미 있는 자료를 찾아서 전공인 해학으로 버무려 우리를 만족하게 한다. 웃음이 넘치는 강의에 흐르는 시간을 의식하지못한다. 수업이 끝나도 헤어지기 아쉬워 모두가 점심을 먹으며 다시 이야기꽃을 피운다.

주인의 정에 회원들의 이야기가 버무려져서 음식은 아주맛있다. 수박과 회에서 준비한 떡을 떼면서 회원들을 둘러보니 한 송이 연꽃으로, 소나무로, 대나무로 변하여 마루가 어느새 수목원이 된 듯하다. 우리는 이 모임을 통해 나를 발견하며 저물어 가는 저녁놀을 더욱 아름답게 수놓고 있다. 절대로 변치 않을 이곳 불변처. 이 모임도 변하지 않으리라. 나의 대나무 이야기에 한 회원이 이인로의 월등사의 대나무 이야기를 보탠다. 죽순은 맛있는 음식의 재료가 되고, 또 대는 사람에게 필요한 여러 가지 물건을 만드는 재료가 되니 대나무로 만들 수 있는 것이 얼마나 많은가. 광주리, 발, 자리, 바구니, 조리, 부채, 지팡이 옛날에는 중요한 물건은 모두 대나무로 만들었다. 거기에 아름다운 경치가 멋을 더하고, 대나무의 고귀한 정신까지. 대나무는 맛과 멋과 깨달음을 주는 나무라고 했다. 나의 대나무 오훈에 쓸 용用과 깨달을 각覺을 보태야겠다. 죽칠훈竹七訓 그쳤던 대 바람이 다시 일렁인다.

# 갸륵한 꽃송이

살을 에는 듯한 추운 날씨에 쌍계천은 온통 얼음으로 뒤덮여 있다. 태화는 빨래터에서 얼음을 깨고 빨래를 시작했다. 두 동생의 옷과 병으로 누워 계시는 할아버지, 할머니의 옷은 하루가 멀다 하고 빨랫감이 되어 쌓여만 갔다.

13살 어린 나이에 아무도 오지 않는 시냇가에서 언 손을 호호 불어가며 빨래를 하는 태화는 문득 물에 비친 제 모습을 보며 3남매를 두고 집을 나가 버린 어머니의 얼굴이 오늘따라 더욱 그리워졌다. 겨울바람에 시린 몸보다도 의지할 곳 없는 처지가 더욱 춥게 여겨졌다.

"어린것이 추운 날씨에 일찍도 나왔구나."

추위 때문에 종종걸음을 치시던 동네 아주머니가 빨래하는 태화의 모습이 가엾어서 못 견디겠다는 듯이 한마디 하고 지나갔다. 지금도 얼음 밑으로는 맑은 쌍계천 물이 슬픔처럼 굽이굽이 흐르고 있을 것이다. 굽이치는 물줄기처럼 끝없이 닥쳐온 슬픔의 시작은 태화의 나이 겨우 세 살 때부터였다.

병마로 고생하시던 아버지께서 가난한 살림 때문에 변변히 치료도 받아보지 못하시고, 3살 된 태화와 한 살씩 터울인 두 동생을 걱정하시면서 숨을 거두셨다. 아버지께서 돌아가신 후 5년 동안 헤어날 길 없는 가난과 싸우며 온갖 고생을 하시던 어머니마저 어린 3남매를 두고 집을 나가시고 말았다.

처음에는 며칠이 지나면 다시 돌아오시겠지 하며 손꼽아 기다렸지만, 그 희망은 물거품처럼 사라지고 말았다. 병든 할아버지와 늙으신 할머니와 외롭게 남게 된 3남매는 하루아침에 고아 아닌 고아가 되고 말았다.

그렇지만 태화는 이 큰 슬픔 가운데에서 할아버지, 할머니가 계시다는 것을 퍽 다행스럽게 생각했다. 모든 일을 의논할 수 있는 마음의 기둥이 되어 주셨기 때문이다. 태화는 8살 어린 나이에 어울리지 않게 할머니를 도우며 집안일을 열심히 꾸려나갔다. 그러나 설상가상으로 일이 터졌다. 하늘처럼 믿고 의지하던 할머니께서 뇌졸중으로 쓰러지신 것이다. 이제는 모든 집안일이 13살 난 태화의 어깨에 지워졌다.

태화는 먼저 간호사가 되어야 했다. 오랫동안 병마에 시달리시는 할아버지와 뇌졸중으로 반신불수가 되신 할머니의 병간호에 온갖 정성을 쏟았다.

태화는 이른 새벽이면 숨을 몰아쉬며 산으로 달려갔다. 이웃집 아주머니가 가르쳐 주신대로 이슬 맺은 약초를 캐다 할아버지, 할머니께 달여 드리기 위해서다. 어느새 친구가 되어버린 다람쥐와 아침 인사를 나누며 약초를 찾아 산속을 헤매다녔다. 그리고 정성을 다해 약을 달였다. 약 한 방울에 정성한 방울이 모인 약 사발을 보시며 할머니, 할아버지께서는 고생하는 손녀를 위해 약을 드시지 않으려고 하셨다. 그렇지만 손녀의 정성을 도저히 꺾을 수 없음을 아시고 눈물을 글썽이시며 약을 드시곤 하셨다.

둘째, 두 동생을 위해 어머니 노릇을 해야 했다. 동생들만이라도 어려움 없이 공부해서 훌륭한 사람으로 만들고 싶은 것이 태화의 꿈이었다. 고생하는 언니를 보다 못해 함께 일하겠다는 두 동생을 달래고 꾸짖다가 셋이 한 덩어리가 되어 울때도 잦았다.

동생들을 위해서 더욱 믿음직하게 일하는 언니가 되어야 했다. 두 동생은 정말 열심히 공부했다. 몸과 마음이 무럭무럭 자라는 동생이 기특해서 될 수 있는 대로 학교생활이 불편하지 않도록 뒷바라지를 열심히 해주었다.

셋째, 농부가 되어야 했다. 하교 후에는 300평 남짓한 밭에 나가 열심히 농사를 지었다. 그밖에 남의 집일을 이것저것 가리지 않고 도와주고 받은 품삯으로 동생들의 학비와 학용품을 사주었고, 병석의 노인들은 쉽게 허기를 느낀다는 이야기를 듣고 틈틈이 할아버지, 할머니께 간식을 준비하는 것도 잊지 않았다.

넷째, 태화는 역시 학생이었다. 집안일을 하고 억지로 시간을 쪼개어 공부를 게을리하지 않았다. 중학교를 마치면 다시는 더 배울 기회가 없을 것 같았기 때문이다.

아침 일을 끝내고 동생들을 학교에 갈 수 있도록 해 준 뒤에야 비로소 책가방을 챙겨서 등교할 수 있었지만 공부하는 시간이 제일 즐거웠다. 학교에서의 태화의 모든 행동은 누구보다 모범이었다.

1인 4역.

어느 한 가지 어린 나이에 벅차지 않은 일이 없었다. 그렇지만 태화는 항상 명랑한 얼굴로 힘겨운 일들을 처리해 내었다.

쌍계천 맑은 물에 빨래할 때면, 슬픔도 강물에 깨끗이 씻어 보낼 수 있었으면 하고 생각했다.

태화의 정성은 차츰 꽃송이로 피어났다. 1인 4역의 10년 세월을 보내는 동안 남동생은 고등학교를 졸업하고 육군 기술 부사관으로 입대하여 군에서 기능공이 되어 가계를 돕고 있다.

막내 여동생은 중학교를 마치고 섬유회사에 취직하여 낮에는 공장에서 밤에는 산업체 고등학교에 다니면서 1인 2역을 훌륭히 해내고 있다. 오늘도 고된 하루를 마치고 할아버지, 할머니의 몸을 깨끗이 씻어드리면서 두 꽃송이가 향기롭게 열매 맺기를 기다리며, 차츰 차도를 보이시는 할아버지 할머니의 병환이 속히 회복되시기를 두 손 모아 빌고 있다.

저 멀리서 기적 소리가 울려오고 있다. 이제 태화는 어둡고 긴 슬픔의 터널을 힘차게 지나 밝은 태양을 향해 달리며, '슬픔이여 안녕!' 하고 작별 인사를 해 본다.

지난날 닥친 고난과 역경을 스스로 견뎌 온 태화는 돌아오지 않는 엄마가 밉지만은 않다. 오직 할아버지 할머니의 병환이 회복되게 비는 기도만큼이나 엄마의 행복을 마음속으로 빌고 있을 뿐이다.

# 함께 만드는 사회

인간은 생활하면서 많은 한계를 느끼며 이를 극복하려는 방안으로 여러 가지 도구를 만들어 사용하고 있다. 특히 신체적인 한계에 부딪힐 때마다 신체의 부분적 확장을 위해 도구를 고안해 낸다. 망원경이나 현미경은 눈의 확장을 위해서, 전화기는 귀와 입의 확장을 위해서, 농기구나 총은 손의 확장을 위해서, 자동차나 비행기는 발의 확장을 위해서 만들어 낸 도구들이다.

그러나 인간이 만들어 낸 도구 중에서 가장 위대한 것은 책이라고 할 수 있다. 책은 신체 일부가 아닌 기억과 상상의 확장 즉 정신의 확장을 위해서 만든 것이기 때문이다. 인간은 책을 통해 시간과 공간을 초월해서 과거와 현재를 자유로이 넘나들며 초월적인 삶을 살아갈 수 있다.

지금 학교 현장에서는 책의 중요성을 깨닫고, 올바른 독서 교육을 위해 사라졌던 도서관을 다시 만들고 있다. 나도 세 학교에서 많은 분의 도움을 받아 도서관을 만들어 학생들의 독서 습관을 기르기 위해 노력한 것은 참으로 보람 있는 일이었다.

효령초등학교 '무지개 도서관'은 특별 교실에 마련하여 그 시절에는 드물게 학교 홈페이지와 연결하여 어디에서나 책을 검색하고, 쉽고 편리하게 대출할 수 있도록 전산화하였으며, 도내 각 학교 선생님들을 모시고 사례 발표를 겸한 연수회를 하기도 했다. 군위초등 '꿈나무 도서관'은 세 교실 규모의 충분한 공간을 마련하여 컴퓨터를 통한 인터넷 검색은 물론 최신 교수 시설을 갖추어 도서관을 활용한 교과수업을 할 수 있도록 하였으며, 도서관 개관 기념으로 전교생의 작품을 실은 '솔바람 소리'란 문집을 창간하였다. 동곡초등학교는 교실이 부족하여 급식실을 예쁘게 꾸며서 급식실을 겸한 아름다운 도서관을 만들었고, '동곡초등 송백 도서관' 개관식을 기념하는 운동회도 열었다. 진량초등 지름불 도서관은 등대란 순우리말 이름으로 공모를 통해 붙이게 되었다. 전교생과 학부모의 작품 전시회를 겸한 개관식을 했다.

학교 도서관에는 재미있는 책들이 많다. 책에는 참으로 많은 글자가 사이좋게 어울려 있다. 어떤 책도 '가가가가가' 처

럼 하나의 글자만 가지고 쓴 책은 없다. 같은 글자만 가지고
는 재미있는 이야기를 만들 수 없기 때문이다. 서로 다른 글
자들이 옹기종기 모여 있을 때 그 글을 읽고 웃기도 하고 울
기도 하고 감명도 받는다.

　도서관에서 열심히 책을 읽는 학생 한 사람 한 사람이 한
자의 글자라는 생각을 해 볼 때가 있다. '해바라기'를 말하려
면 네 글자가 필요하다. 이와 같이 서로 다른 글자들이 모여
야 이야기를 만들 수 있다. 물론 글자 중에는 더 자주 쓰이는
글자가 있다. 그 글자가 조금 더 중요하다고 생각 할 수 있다.
그러나 자주 쓰이지는 않더라도 그 글자가 없으면 뜻을 바르
게 전 할 수 없다. 우리는 학생들이 이야기 속에서 더 자주 쓰
이는 글자처럼 이 사회에서 더 중요한 사람이 되게 하려고
학교와 가정에서 열심히 가르치고 있다.

　자주 쓰이건 자주 쓰이지 않건 글자들은 같은 크기의 중요
성을 지니고 있음을 깨우쳐 줄 필요가 있다. 사람은 저 혼자
서는 큰일을 할 수가 없다. 다른 사람과 역할을 나누고 서로
도움을 주고받아야 한다. 학생들이 세상이라는 이야기책 속
에 하나의 글자로서 다른 글자와 사이좋게 어울려 아름다운
세상을 만들어 가도록 해야 한다.

　컴퓨터의 황제 빌 게이츠는 '오늘의 나를 있게 한 것은 우
리 마을 도서관이었다.' 라고 하였다. '꽂혀 있으면 종이, 읽

으면 지혜' '학교는 졸업할 수 있어도 도서관은 졸업할 수 없다.' 는 표어가 문득 생각난다.

# 목표

소를 이용해서 밭을 갈던 때의 일이다. 아들과 아버지가 번 갈아 가면서 소를 앞세우고 쟁기로 밭을 갈았다. 그러나 이 상하게도 아버지가 간 이랑은 줄이 바른데 아들이 간 이랑은 비뚤비뚤하여 보기가 좋지 않았다.

아들은 아버지께서는 오랜 경험이 있으시지만 나는 처음이 라서 그렇겠지 생각하면서 여쭈어 보았다.

"아버지께서 가신 이랑은 저처럼 바른데 제가 간 이랑은 왜 비뚤지요."

"너는 내가 오랫동안 쟁기질을 해서 그렇다고 생각하겠지 만 나도 너처럼 갈면 비뚤게 된다. 너는 바르게 갈려고만 하 지만, 나는 앞쪽에 목표물을 정하고 그것을 바라보면서 쟁기 질을 한단다."

아들은 아버지의 말씀대로 목표를 정하고 쟁기질을 했다. 그랬더니 바르게 이랑을 만들 수 있었다. 아들은 아버지의 말씀 속에서 목표의 중요성을 깨닫고 항상 목표를 정해 놓고 그 목표를 향해 일하는 습관이 생겼다고 한다.

청소년 축구 대표팀의 박주영 선수 때문에 행복해하고 열광하는 국민들이 많다. 모교의 교문에는 '장하다! 박주영'이란 현수막이 걸리고, 매스컴이 연일 대서특필하고 있다. 팬클럽이 조직되고, 응원가까지 나왔다. 대한축구협회에서는 박주영 특별관리 위원회까지 만들었다고 한다. 지나친 찬사가 오히려 박주영 선수를 그르칠까 걱정하는 소리까지 들린다. 왜 박주영에게 이처럼 열광하고 있는가?

인기가 있을만한 충분한 이유가 있다. 현대는 정보화 시대다. 박주영은 정보를 누구보다 빠르게 받아들이고, 신속하고 차분하게 처리하는 능력이 뛰어나다. 빠른 스피드에 뛰어난 개인기, 반 박자 빠르거나 느린 슈팅, 적절한 위치 선정. 도저히 공을 넣을 수 없을 것 같은 위치에서도 골을 성공시키는 실력. 박주영 선수의 고등학교 기록도 대회마다 골을 게임 수보다 많이 넣었다고 한다. 고등학교 때 고등학교 수준을 벗어난 선수란 찬사를 이미 받았다. 100년 만에 한 명 나올 선수라는 소리를 하기도 한다. 우리나라가 제일 약한 골 결정력을 시원하게 해결해주기 때문에 박주영에게 열광하고 있다.

나는 자로 잰 듯 시원하게 골을 성공시키는 장면을 볼 때마다 얼마나 많은 훈련과 땀을 흘렸을까 하고 궁금해 했다. 박주영이 남다른 축구선수가 된 비결은 무엇일까?

우연히 TV에서 박주영이 직접 털어놓는 비밀을 들어 볼 수 있었다. 박주영은 어린 축구 선수들에게 축구를 잘하게 된 세 가지 비밀을 털어놓으면서 직접 시범을 보여주기도 했다.

첫째 박주영은 공에 대한 감각을 익히기 위해 양말도 벗은 맨발로 연습하거나 시합하기를 즐겼다. 감독이 보면 꾸중을 듣기 때문에 얼른 축구화를 신곤 했지만, 박주영은 기회만 있으면 맨발로 축구를 했다. 이것이 공에 대한 감각을 키우는 데 큰 도움이 되었고, 박주영과 축구공은 둘이 아니고 하나처럼 되었다.

둘째 박주영은 차가 많이 세워져 있는 주차장이나 복잡한 시장에서 드리블하기를 즐겼다. 특히 시장에서는 언제 어디서 사람이 나타날지 모르기 때문에 예리하고 감각적인 드리블과 패스 실력을 익힐 수 있었다. 수많은 사람이 오가는 예기치 못한 어려운 상황에서 익힌 연습은 실전에서 유감없이 적용되어 어떠한 좁은 공간에서 아무리 수비수가 막더라도 골로 연결할 수 있는 실력을 가지게 되었다.

셋째 박주영은 언제나 목표를 정해 놓고, 놀이하듯이 연습을 했다. 음료수 캔을 쌓아 멀리서 그것을 맞추기도 하고, 과

녁을 만들어 맞히기도 하면서 즐겁게 연습을 했다고 한다. 놀이처럼 연습해서 지루함을 없앨 수 있었고, 목표를 정해함으로써 정확성과 골 결정력을 높일 수 있게 되었다.

우리는 마라톤을 인생의 축소판이라고 한다. 축구 역시 인생의 축소판처럼 여겨질 때가 있다. 어떻게 하면 전 후반 90분의 주어진 시간 안에 찾아온 기회를 잘 살려 골인이란 목표에 도달할 수 있을까. 수많은 작전을 세우고, 상대방의 작전을 읽고, 대비하지만 쉽지만은 않다. 수비수의 끈질긴 방해를 헤치고 골을 넣는 것이 고난과 역경이 많은 삶과 무척 닮았다. 함께 뛰는 선수들의 절묘한 도움이 있으면 경기는 쉽게 풀릴 수 있다.

치밀한 작전으로 축구 경기 같은 삶을 살아가면서, 성공의 골을 넣기 위해서 뚜렷한 목표를 정하고, 나만의 비법으로 멋진 드리블을 해보자.

# 물

경북 군위군 고로면에 있는 인각사를 찾았다.

인각사는 일연 스님이 삼국유사 저술을 완성한 곳으로 유명하다. 인각사에는 일연을 기리는 보각국사 비가 남아 있다.

일연이 세상을 떠나고 7년이 지난 1295년에 민지가 글을 짓고, 왕희지의 글자를 모아서 세운 것으로, 높이 2m 너비 1m 두께 5cm였지만 지금은 형태를 알아 볼 수 없게 되어버렸다.

이 비석이 유명한 왕희지의 글씨로 되어 있기 때문에 너무나 많은 탁본을 하였고, 임진왜란 때는 탁본을 하기 위해 추운 겨울에 불을 피워놓고 쉽게 하려고 비를 쓰러뜨려서 하기도 했다. 한 번은 불을 피워 뜨거워진 곳에 넘어져 비가 열을 받아 갈라지고 말았다.

또 임신한 여인이 이 비석의 글자를 먹으면 영재를 낳을 수 있다는 소문과 과거를 보러 갈 때 이 비석을 먹으면 장원급제 한다는 속설 때문에 더욱 훼손되었다고 한다.

원본을 보고서는 알 수 없지만, 비석을 보관하기 위해 만든 비각 위에 써 놓은 글을 보면 비문의 첫머리에는 맑은 거울, 빛바랜 거울은 원래 두 가지 물건이 아니다. 흐린 물과 맑은 물은 한 근원에서 나온 것이다. 그 근본이 한 가지로되 다르게 된 것은 닦음과 아니 닦음, 움직임과 아니 움직임에 있을 뿐이다.

물은 움직이기 때문에 깨끗할 수 있다. 골짜기를 흐르는 맑은 물이 웅덩이에 고이면 썩듯이 움직이지 않는 물은 죽은 물이 된다. 물은 끊임없이 순환해야 한다. 건강을 해친 사람 대부분은 몸속에 물의 형태로 존재하는 혈액의 흐름이 막혀서 고여 있기 때문이다. 혈액의 흐름이 멈추면 몸은 병든다.

물의 흐름이 배에서 막히면 복부 비만, 혈관에서 막히면 고혈압, 심장에서 막히면 심장질환, 뇌혈관이 막히면 중풍이 생긴다. 흐르지 않고 막히기 때문에 썩고 병이 나는 것이다.

허준 선생님의 명저 동의보감에는 수부水部가 있다. 물을 33가지로 나눠 기록했다. 음력 설날 처음 길은 우물물을 정화수, 찬 샘물을 한천수, 동지섣달 눈 녹은 물을 뇌설수, 정월 처음 온 빗물을 춘량수, 가을 이슬 물을 추로수, 겨울에 온 서

릿물을 동상수, 지붕 위에서 흘러내린 물을 옥류수 등 각각의 효능과 용도를 자세하게 설명하면서 '물은 일상생활에 자주 쓰이는 것인지라 사람들은 흔히 물을 소홀하게 생각하고 그 중요함을 잘 알지 못한다.'고 하였다.

올해도 어김없이 찾아온 태풍으로 수돗물이 끊기고 전기가 들어오지 않아 많은 불편을 겪었다. 그 많은 홍수 속에서 먹을 물이 부족하여 급수 작전을 펼치기도 하였다. 물을 물쓰듯 하다가 물의 고마움을 깨닫는 순간이 되기도 했을 것 같다.

닦음이 어찌 거울에만 필요하고, 움직임이 어찌 물에만 필요할까? 가을을 맞아 몸과 마음도 거울처럼, 물처럼 닦고 움직이도록 노력해야겠다는 생각을 해 본다.

# 태풍 '매미'가 남긴 교훈

14호 태풍 매미는 불청객이었다. 불청객이면서 혼자 오지도 않았다. 기상 관측 사상 최고의 강풍과 집중 호우와 함께 찾아와서 영남 땅을 쑥대밭으로 만들었다.

이곳 경북 청도도 태풍의 중심이 지나간 자리여서 큰 피해가 속출했다. 그 유명한 청도 과일과 농작물, 가로수와 산속의 아름드리나무도 뽑히고 부러져 전쟁터를 연상케 했다. 근무 중인 동곡초등학교 역시 학교를 지켜주던 소나무 네 그루가 힘없이 쓰러져 버렸다. 그보다 더 크고 가지와 잎이 많은 교문 앞 은행나무와 여리디여린 어린 느티나무는 끄떡없이 제 자리를 지키는데 소나무 네 그루는 왜 쓰러지고 말았을까?

이유는 뻔했다. 평소 위용을 자랑하고, 겨울철에도 푸름을 간직해서 학생들에게 끈기와 푸른 꿈을 일깨워 주던 교목 소나무였지만, 넘어진 뿌리를 보고는 놀라지 않을 수 없었다. 뿌리째 뽑힌 소나무는 평소에도 어떻게 서 있을 수 있었을까 하고 의심할 정도로 뿌리가 약하기 짝이 없었다. 애국조회 시간에 뿌리가 약하면 바람을 견딜 수 없다는 훈화를 하면서 평소에 보이지 않는 것에 대한, 뿌리에 대한 중요성을 강조했는데 쓰러진 교목이 마지막까지 학생들에게 유언처럼 교훈을 심어주기를 바라면서 나 자신을 되돌아보는 기회로 삼았다.

우리를 슬프게 하는 것은 어린아이의 울음만은 아니다.

벼 한 포기라도 지키려고 태풍 속에서 물꼬를 보는 농부와 낡은 배 한 척을 지키려고 태풍과 맞서서 손바닥이 벗겨지는 어부들의 아픔과 먼 이국땅에서 쌀을 지키려고 할복자살까지 하는 이경해 회장의 죽음 앞에 재해가 일어나면 연례행사처럼 장관이 골프 치느라 대책회의에도 참석하지 못했다는 이야기와 의회 의원이 수재민들의 아픔을 외면한 채 외유를 떠났다는 이야기, 태풍이 상륙한 그 날 뮤지컬을 봤다는 대통령의 이야기는 우리를 참으로 슬프게 한다.

자식처럼 돌보던 과일을 버리는 농부와 농사를 망친 어느 농부의 자살 소식과 해일이 닥쳤는데도 민방위 훈련 때는 그렇게 잘 울리던 경고 사이렌 한 번 울지 않았다는 방송, 물난리 속에 구호품은 가뭄이라는 신문 기사가 우리를 슬프게 한다.

시인 바이런이 '인간이여! 너는 미소와 눈물 사이를 왕래하는 시계의 추다.' 라고 했듯이 우리를 기쁘게 하는 아름다운 소식도 들린다.

국방 의무에 충실하던 군인과 의경, 예비군은 물론 학업에 열중하던 학생들까지 수해를 당한 곳으로 달려가 비지땀을 흘리면서 쓰러진 벼를 일으키는 모습과 생업을 미루고, 수재 민에게 약을 발라주는 약사, 라면이라도 끓여 드려야 마음이 편할 것 같아 달려왔다는 어느 주방장, 가까운 곳에서 작은 것을 챙겨주는 수많은 자원 봉사자들의 온정의 손길이 너무나 크게 보이며, 우리를 기쁘게 한다.

지난해 루사가 남긴 상처를 싸매며 수해 복구를 도와준 2만여 명의 자원 봉사자들을 기리기 위해 '그대는 아름다운 사람입니다.' 라는 보은의 비를 세운 김천 지례 주민들 역시 너무나 아름다운 사람들이라는 생각을 하게하며 우리를 기쁘게 한다.

출근길에 며칠째 보는 노부부의 모습이, 굽은 허리를 손으로 두드리면서 넘어진 고춧대를 정성스레 일으키는 그 손길이 우리를 안타깝게 한다.

이웃에 있는 한국수자원공사 운문 댐 관리소에서 학생들의 학습을 돕겠다면서 교재 구입비 800여만 원을 기증해 주었다. 문제를 해결하는 것이, 늦는 것 같지만 가장 지름길이 교육에 있다는 생각을 하는 분들을 만날 때마다 용기가 솟아나서 기쁘다.

태풍의 힘은 히로시마 원폭의 만 배에 달한다지만 사랑의 힘은 이보다 더욱 크다는 사실만은 틀림없다.

문득 어느 선사의 글귀가 생각나서 옮겨 본다.

'제 갈 길을 찾아 쉬지 않고 나가는 게 물인 기라. 어려운 굽이를 만날수록 더욱 힘을 내는 게 물인 기라. 맑고 깨끗하여 모든 더러움을 씻어주는 게 물인 기라. 넓고 깊은 바다를 이루어 고기를 키우고, 되돌아 이슬비가 되는 게 바로 물이니 사람도 이 물과 같이 우주 만물에 이익을 주어야 하는 기라. 물처럼 살거래이, 물처럼 사노라면 후회 없을 기라.'

매미에 물리고 물에 혼난 지금, 이들이 주는 교훈을 생각하면서 뿌리 깊은 교육을 통해 살 맛 나는 세상을 만들어야겠다는 생각을 몇 번이고 하지 않을 수 없다. 우리 삶 속에는 매미와 같은 태풍만 있는 것이 아니기 때문이다. 수많은 종류의 태풍을 이길 방안은 역시 교육에서 찾아야 하겠다는 생각은 내가 교육자여서 만은 아닐 것이다.

매미보다 더 거센 사랑의 강풍과 온정의 홍수가 태풍보다 더 큰 힘으로 전국을 강타하기를 기원해 본다.

# 산사에서의 하룻밤

**주먹밥 두 개에 콩이 다섯 개 / 부석사**

초등학교 졸업 앨범을 펼쳐 본다. 표지에 4293년 졸업 기념이라 적혀 있다. 봉화초등학교 45회 졸업 앨범이다. 천천히 넘기면서 50년의 세월을 거슬러 오르기 위해 추억의 강물에 배를 띄워 본다. 앨범 뒤쪽 편에 1959년 5월에 산사에서 하룻밤을 지내게 된 사진 열한 장이 희미한 기억을 되살려준다.

모교에는 오래 내려오는 전통이 있었다. 육 학년 봄 소풍은 부석사까지 걸어가서 산사에서 하룻밤을 보내는 것이다. 아침부터 온종일 걸으면 저녁때 부석사에 도착하게 된다. 다음 날 아침 일찍 출발해서 집에 돌아오는 힘든 소풍 길이었다. 지금 생각하니 끈기와 추억을 함께 가르치려는 뜻깊은 교육 과정이었다.

우리는 먼 길을 걷고 또 걸었다. 마치 걷기 위해 태어난 것처럼 쉬지 않고 걸었다. 6학년 4학급 243명이 열심히 걸었지만, 점차 힘들어하는 친구들이 생기고 특히 평소 걸을 기회가 적었던 여학생 몇은 더는 걸을 수 없다면서 주저앉고 말았다. 4명의 담임교사가 빌리기까지 하면서 모두 자전거를 타고 오신 까닭을 알게 되었다. 주저앉은 여학생들을 번갈아 실어 나르느라 온몸이 땀투성이가 되었다.

꿀맛 같은 도시락을 먹고, 맑은 냇물을 손으로 떠 마시면서 계속 걸어서 저녁 어스름에 드디어 부석사에 도착했다. 안양문에 올라가서 찍은 단체 사진 두 장이 어린 시절 우리들의 모습을 그대로 간직한 채 앨범 속에 말없이 남아있다.

절을 세울 때 생각이 다른 반대파들의 방해가 심했으나 하늘을 덮을 것 같은 큰 바위가 떠다니며 반대하는 사람들을 막아주어 세운 절이라 부석사라 부른다는 전설과 무량수전 배흘림기둥의 숨은 비밀 등 우리는 이야기 속으로 빠져들었다.

물집이 생기고 알통이 밴 발 때문인지 아니면 처음 맞는 산사에서의 하룻밤에 대한 설렘 때문인지 잠들지 못하고 밤을 홀딱 새우며 이야기꽃을 피웠다.

긴 나무로 이어 만든 홈통을 타고 흘러내리던 가슴까지 얼어붙게 하던 싱그러운 물과 맑은 공기를 50년이 지난 지금도 느낄 수 있을 것 같다.

집으로 돌아오기 위해 다음날 일찍 나서는 우리에게 정성을 들여 만든 주먹밥이 두 개씩 주어졌다. 그 주먹밥 속에는 반찬으로 콩이 다섯 개씩 들어 있었다. '주먹밥 두 개에 콩이 다섯 개'라는 사진 설명글이 그 날을 뚜렷하게 떠오르게 한다.

이제 육십 대가 된 친구들과 다시 부석사에서 하룻밤을 지낼 수 있다면 얼마나 좋을까. 우리 생애의 가슴 벅찬 마지막 감격이 될 것이다. 그 날을 기다리며 나는 자주 앨범을 펼치리라.

## 설해목을 구하다 / 실명사

친구 셋이서 겨울 방학이 되면 연중행사처럼 비둘기호 열차를 타고 낯선 지방에 내려 무작정 묵다가 오는 여행을 하고 있었다. 그날도 비둘기호를 타고 산골에 내려 작은 절을 찾았다. 절에는 스님도 외출 중이었으나 얼마 후 돌아와서 불청객들을 반갑게 맞아 주었다.

조용한 산사에서의 하룻밤은 나를 찾는 시간이기도 했다. 바쁘게 사느라 잊었던 참 나를 조용하게 불러서 마주 앉게 해 주었다.

그날 저녁에 꽃잎처럼 내리기 시작한 눈은 함박눈으로 변해 솜처럼 내리기 시작했다. 새벽녘에 스님은 바쁘게 서둘렀다. 우리도 일어났다. 눈이 이렇게 많이 내리면 나무들이 눈의 무게를 이기지 못해 가지가 부러진다고 했다. 설해목을 구하기 위해 긴 대나무 장대를 들고 밖으로 나갔다. 잎을 떨군 나무들은 눈이 쌓이지 않는데 잎이 그대로 있는 소나무 특히 줄기가 휘어진 것은 그대로 눈의 무게를 감당해야 했다.

멀리서 무게를 이기지 못한 소나무 가지가 부러지는 아픈 소리가 들려왔다. 우리는 쉴 수 없었다. 나무의 부러지는 소리가 비명처럼 들렸다. 산속을 누비며 소나무 가지에서 눈을 털었다. 소나무는 말 못하는 식물이 아니었다. 다정한 이웃처럼 아픔을 호소하며 무거운 눈을 짊어지고 끙끙대고 있었다. 어느새 힘겹게 살아가는 나의 모습과 다를 바가 없었다. 눈을 털어 주면서 내가 가벼워지는 마음을 느낄 수 있었다.

나는 눈이 오는 날이면 지금도 산속의 소나무를 떠올리며 그 무게를 느끼곤 한다.


### 탑이 되다 / 통도사

샤갈 가족들의 만남. 우리는 사이버상의 이웃이었다. 뒤늦게 한가족이 된 나도 기대에 부풀어 통도사로 향했다. 같은 지역에 사는 선주산방과 연락이 닿아 그의 차에 실려 달려가지만, 마음은 먼저 그곳에 가 있었다.

절에 도착하자 수련복으로 갈아입고 고무신을 신었다. 옷과 신이 우리의 모습은 물론 마음마저 빠르게 변하게 하였다.

저녁을 먹고 일몰 시각에 맞춰 사물을 참관했다. 대북을 울리는 장삼 자락이 박자에 맞춰 너울거릴 때 맑고 아름다운 소리가 영혼을 흔들었다. 잔잔한 가락에서 큰 울림으로 다시 약해졌다가 강해지는 소리는 우리 삶의 한 자락 한 자락을 떠올리게 하였다. 나도 모르게 종루 뒤쪽으로 갔다. 그곳에는 땀을 뻘뻘 흘리며 불어오는 미풍에 옷자락을 열고 땀을 식히는 스님이 서 있었다. 저렇게 아름다운 소리를 내려면 누군가의 땀이 뿌려져야 하는구나 생각하면서 마치 분장실의 비밀을 훔쳐 본 것 같아 빨리 발길을 돌렸다. 목어와 운판의 울림이 끝나자 스님은 대종 앞에 섰다.

종이 울기 시작했다. 주위의 모든 소리를 빨아들인 듯 종소리만이 강산을 뒤흔들고 있었다. 두 손을 모아 기도하는 모습들이 눈에 들어온다. 그들의 기원이 누구를 위한 것이건 크건 작건 모두 이루어지기를 빌었다.

서른세 번의 대종 소리를 뒤로하고 우리는 우뚝 솟은 탑을 만나러 산에 올랐다. 살아온 세월의 계단을 떠올리며 한층 한층 올랐다. 그리고 저물어 가는 삶을 생각했다. 탑이 내려다보는 곳에 나무 사이로 통도사의 아름다운 전경이 한눈에 들어왔다. 우리는 그 멋진 모습에 입을 다물지 못했다.

수많은 세월을 움직이지 않고 말없이 지켜보고 있었을 탑이 보는 방향에서 절 전체를 바라보았다. 우리도 어느새 모두 하나의 탑이 된 듯 발길을 옮기지 못하고 그곳에 서 있었다.

산에서 내려와서 어두운 밤에 고무신을 신고 물을 건너 너럭바위에 앉았다. 촛불 몇 자루가 주위를 밝혀 주었지만, 하늘에서 반짝이는 별을 보기 위해 촛불마저 끌 수밖에 없었다. 불을 끄고 별을 켜니 마음이 저절로 밝아지는 듯하다. 맑은 강물에 발을 담그고 흘러온 지난날을 되돌아본다. 하늘에는 별이 반짝이고 땅에는 우리가 나누는 이야기가 꽃이 되어 예쁘게 반짝이고 있다. 호혈석에 얽힌 전설 이야기는 아득한 옛날 한 스님을 사랑한 여인이 있는 곳으로 우리를 데려갔다. 스님의 사랑을 얻지 못한 여인은 상사병으로 죽고 사나운 호랑이로 변한 여인은 결국 스님의 남성을 잘라버려서 그 피가 돌에 묻어 지금까지 전해 오고 있다고 한다. 통도사의 밤은 깊어가고 멀리서 호랑이 울음소리가 환청처럼 들린다.

김한성 수필집

헛걸음

# 제 3 부
## 참새의 합창

# 글씨

신언서판身言書判. 옛날에는 사람의 됨됨이를 평가할 때 글씨를 포함했다. 그만큼 바른 글씨 쓰기를 중시했다. 말씨, 글씨, 마음씨, 솜씨, 맵시로 여성이 갖추어야 할 다섯 가지 덕목을 말할 때도 글씨는 빠지지 않았다.

글씨의 중요성이 요즘은 점차 흐려져 가고 있다. 몇 년 전 ㅍ학교에 발령을 받은 어느 선생님의 넋두리가 생각난다. 저학년을 맡은 선생님은 어느 날 학생들의 학습장을 보던 중 읽기 어렵게 쓴 글씨를 발견하고, 방과 후에 학생을 남겨서 교정 지도를 하기 시작했다. 그런데 문제가 생겼다. 시작한 지 사흘째 되는 날 학생의 어머니로부터 전화가 왔다. 자기 아들의 글씨 교정 지도를 그만두어 달라는 것이다. 하나뿐인 귀한 아들이 글씨 때문에 스트레스를 받는 것을 도저히 보고 있을 수 없다고 했다. 그러면서 한술 더 떠서 정보화 시대에는 촌스럽게 손으로 글씨 쓰는 일은 점점 줄고 컴퓨터로 쓰게 되기 때문에 문제가 없다는 것이었다.

기록 지도 연구 학교에 근무한 일이 있다. 학생들의 잘못된 필기 자세와 나쁜 글씨체를 고치기 위해 전 교직원이 함께 애쓰던 일이 어제처럼 여겨진다. 그때도 글씨의 크기가 고르지 못한 것, 삐뚤삐뚤, 대충대충 쓴 것, 읽기 어려울 정도로 흘려 쓴 글씨들을 쉽게 만날 수 있었다. 그 원인도 갖가지. 성격 탓도 있지만 대체로 필기 자세와 연필 쥐는 방법, 필순의 잘못 등이 원인이었다. 학교에서는 학생들의 필순을 바로잡기 위해 특별한 자료를 만들었고, 연필심에서 너무 가까운 부분을 잡기 때문에 고무밴드로 표시해서 심에서 2~3cm 떨어진 부분을 잡도록 애쓰다가 어느 교사가 고안해 낸 반지를 이용하여 지도한 일이 기억에 남아 있다.

글씨는 마음의 거울이라는 말이 있듯이 기록 이상의 힘을 지니고 있다. 성격이나 정서 등을 엿볼 수 있는 단서가 되며, 글씨가 삐뚤면 성격도 삐뚤어질 수 있다는 연구 결과를 쉽게 만날 수 있다. 글씨는 인성 발달과 밀접한 관련이 있고, 올바른 지도를 통해 학습 능력은 물론 성격까지도 바로 잡을 수 있다. 이처럼 글씨 쓰기는 기초 기본 교육이자 모든 학문의 시작이 되지만 삐뚤삐뚤하게 엉망으로 써 내려간 학생들의 글씨를 보고도 눈감아 버리는 부모와 교사들이 점점 늘어가고 있다.

글씨를 아무렇게 쓰다 보면 성실성과 집중력, 기억력 등이 부족하게 된다고 전문가들이 걱정하고 있다. 글씨에 문제가 있으면 어릴 때 바로 잡아 주어야 한다. 시간이 갈수록 고정되어 고치기 어렵게 되기 때문이다. 글씨에 씨자가 붙어 있는 것은 씨앗처럼 글씨를 통해서도 많은 결실을 맺을 수 있기 때문일 것이다. 글씨도 늦기 전에 바로 잡아 주는 정성이 필요하다. 습관은 깊게 뿌리내리면 뽑기 어려운 나무와 같기 때문이다.

# 참새의 합창

오 학년 때의 일이다. 지금도 그 날의 기억이 생생하다. 당번이어서 일찍 학교에 갔다. 먼저 신선한 공기로 갈기 위해 복도 창문부터 열었다. 문소리에 놀란 참새 한 마리가 포르르 날아올랐다. 어제 열린 창문으로 들어왔다가 나가지 못하고 밤새 갇혀 있었던 모양이다. 참새는 얼마나 밖으로 나가고 싶었을까, 가족들이 얼마나 걱정을 할까? 참새를 빨리 내보내야지 하는 생각으로 창문을 빨리 열기 시작했다. 놀란 참새가 나가려고 이리저리 날아올랐다. 열린 창문이 많을수록 참새가 밖으로 나가기 쉬워질 것으로 생각한 내 생각과는 달리 놀란 참새는 열린 창문으로 나갈 생각은 않고 천장으로 날아오르기만 했다. 그러다가 위쪽 유리창에 머리를 부딪치고 아래로 뚝 떨어졌다. 참새를 조심조심 만져보았다. 가슴이 따뜻하다. 세게 부딪치진 않은 모양이다. 참새를 살려야겠다는 생각 때문에 당번이 해야 할 많은 일은 생각할 겨를이 없었다. 잘 못하다간 돌아다니는 도둑고양이가 참새를 해칠지도 모른다는 생각에 교실에 있는 빈 새장에 참새를 넣었다. 지난번 당번이 먹이를 주려다 새가 포르르 날아가 버려 새장이 비었다. 풀을 뜯어 폭신한 침대를 만들고 참새를 뉘었다. 참새는 마치 깊은 잠에 빠진 것 같았다. 학교가 가까워 늘 일찍 등교하는 송희가 교실로 들어왔다.

"오늘은 웬일로 이렇게 일찍 왔어."

"당번이잖아."

"빈 새장은 왜 들여다보고 있는데."

"빈 새장 아니야, 참새가 자고 있어?"

"웬 참새?"

이야기를 들은 송희는 새장을 들고 밖에 있는 나무그늘로 갔다. "이곳이 더 시원하니 더 빨리 깨어날 수 있을 거야." 송희도 새가 빨리 살아나기를 바랐다. 그리고 깨어나면 제일 먼저 물이 먹고 싶을 텐데 하며 물 한 컵을 정성스레 넣어주었다. 그러는 사이 친구들이 모두 등교하고 담임선생님께서 들어 오셨다.

"오늘 당번이 누군데 교실이 이렇게 엉망이지?"

그때 송희가 참새 이야기를 했다. 모두 나무 그늘의 새장을 내다보았다. 가까이 있어서 아직도 누워 있는 참새가 보였다. 모두 참새가 살아나도록 마음속으로 바라고 있었다. 첫 시간 수업이 시작되었다. 그러나 모두 참새가 걱정되어서 공부가 되지 않았다. 선생님도 연신 밖을 내다보셨다. 우리의 마음을 아셨는지 국어책을 덮고 피아노 앞으로 가신 선생님께서 건반을 두드리기 시작했다. 우리는 기다렸다는 듯이 입을 모아 노래를 불렀다. 모두 참새야 빨리 일어나라는 마음을 담고 있었다.

아침 이슬 몰래 촉촉 내려
풀잎사귀 반짝 비칠 때
처마 끝 참새들 모여서 노래해
랄라라 랄라라 랄라라 랄라
랄라라 랄라라 랄라라라
밝은 해가 둥실 솟아오른
맑고 맑은 여름 새 아침

선생님은 교사가 되셔서 첫 제자로 우리를 담임하게 되셨다. 학생의 마음을 누구 보다 잘 알아주시는 선생님을 모두 좋아했다. 그때 우리의 마음을 읽으시고 피아노 앞에 앉으셔서 참새 노래를 부르게 하시던 선생님을 생각하면 행복하게 지내던 친구들이 떠오른다. 선생님은 창문도 활짝 열어주셨다.

참새야 빨리 일어나라. 우리는 노래를 계속 불렀다. 그러나 참새는 일어날 생각을 하지 않았다. 노랫소리를 듣고 왔는지 참새 몇 마리가 나뭇가지로 날아와서 나란히 앉았다. 그리고 새장 앞으로 가서 새장을 발로 긁고 입으로 쪼고 했다.

"와! 새가 깨어났어."

우리는 모두 창문 쪽으로 몰려갔다. 놀란 참새들이 나뭇가지로 날아올랐다. 깨어난 참새는 새장을 나오고 싶은지 새장 안을 빙빙 돌고 있다. 그런데 나무로 날아갔던 참새들이 다시 새장 가까이 모여들었다. 밖과 안에서 서로 안타까운 듯 새장을 빙빙 돌고 있다.

"불쌍하다. 참새를 놓아 주자."

"안돼, 새장도 비었는데 우리가 잘 키우자."

"그래, 위험한 세상이니 잘 보호하며 행복하게 해주자."

"그건 행복이 아니야, 가족들이 저렇게 안타까워하는데 돌려보내 주어야 해."

갑자기 두 편으로 나뉘어 옥신각신 말다툼이 벌어졌다. 우리는 선생님을 쳐다보았다. 선생님께서는 빙그레 웃으시기만 했다. 마치 너희가 결정해야지 하는 표정이었다. 수업 시간이 끝났다. 그러나 말다툼은 끝이 나지 않았다. 임시 학급 회의가 열렸다. 서기가 안건을 칠판에 적었다.

"참새를 어떻게 할까?"

회장의 사회로 두 팀이 열띤 토론을 벌였다. 처음에는 남학생의 기르자와 여학생의 보내 주자로 갈리는 듯했으나 토론이 시작되면서 남녀의 울타리는 무너지고 자기의 생각을 뚜렷이 나타내기 시작했다. 모두 참새를 생각하는 마음이 간절했다.

결론이 나지 않자 투표로 결정하자는 의견이 나왔다. 그때 송희가 참새를 석방하는 투표를 하자면 이름이 있어야 한다는 의견을 내놓았다. 갑작스러운 의견에 교실이 다시 시끄러워졌다. 모두가 참새는 죄수가 아니고 환자라고 말했다. 그러자 송희가 병원에 가면 환자도 침대에 이름이 붙어 있다고 했다. 결국, 이름을 짓기로 했다.

이름을 지으려면 암수를 알아야 적당한 이름을 지을 수 있다고 또 옥신각신했다. 그래서 먼저 암수를 정하는 투표부터 하게 되었다. 창쪽으로 우르르 몰려가서 자세히 관찰한 후 투표한 결과 참숙이란 이름을 붙였다.

참새를 어떻게 할까를 결정하는 투표를 시작했다. 그러나 생각 밖으로 절대다수로 참새를 자연으로, 가족 품으로 돌려주기로 했다. 투표하는 중에도 참새들이 새장을 빙빙 돌며 안타깝게 울고 있는 모습을 보고 마음을 움직였다는 친구가 많았다. 선생님의 표정에도 참 잘했구나 하는 칭찬이 담겨 있었다.

새장 문은 당번인 내가 열어주기로 했다. 새를 날려 주기 위해 모두 창문 쪽에 모였다. 우리는 누가 먼저인지도 모르게 참새 노래를 불렀다. 나는 천천히 문을 열었다. 그러나 참새는 새장에 가만히 있었다. 내가 새장에서 멀리 떨어지자 새들이 다시 몰려왔다. 그리고 깨어난 참새를 데리고 나뭇가지로 날아올랐다. 그리고 멀리 날아갔다.

　며칠 뒤 참새 가족 다섯 마리가 나뭇가지에 앉아서 입을 모아 합창을 하기 시작했다. 선생님은 어느새 피아노 앞에 앉으셨다. 우리의 노래와 참새의 합창이 어울려 하늘로 넓게 퍼져갔다.

# 작은 통일 큰 통일

제28회 하계 올림픽은 1896년 제1회 대회가 열린 올림픽 발상지 아테네에서 108년 만에 열렸으며, 202개 전 회원국이 빠짐없이 참가한 뜻깊은 대회였다. 이날 개회식에서 파란색 상의와 베이지색 바지, 오륜기를 상징하는 색동 넥타이 차림의 남북 선수단은 2000년 시드니 올림픽에 이어 다시 손을 맞잡고 84번째로 입장, 지구촌에 화해와 평화의 메시지를 전달했으며, 7만여 명의 관중들은 모두 자리에서 일어나 남북한 선수단의 행렬에 기립 박수를 보냈다.

이 광경을 텔레비전을 통해 보면서 2002년 부산에서 열린 제14회 아시아 경기대회를 떠올리며, 다음 올림픽에는 입장만 함께할 것이 아니라 한 걸음 더 나아가 단일팀을 구성했으면 하고 바랐다.

부산 아시아 경기대회는 '스포츠를 통한 작은 통일'을 이룬 뜻깊은 대회였다. 남북한 선수들이 한반도 기를 앞세우고 동시 입장하였으며, 백두산과 한라산에서 채화된 성화를 남북한 유도 선수들이 함께 성화로에 점화하였다. 특히 "우리는 하나다." "조국 통일"을 함께 외친 남북한 응원단은 남북을 가리지 않고 마음을 모아 힘차게 응원했다. 특히 올림픽의 꽃이라고 하는 마라톤에서 남자는 남한의 이봉주 선수가 여자는 북한의 함봉실 선수가 우승하여 '남남북녀' 란 말이 입에서 자주 나오게 하였다. 그 외에도 우리의 마음에 감동을 준 일들이 많았으며, 통일을 다시 한 번 깊게 생각하게 되었다.

1976년에 나는 시골 학교에서 5학년을 담임하며 열심히 글짓기 지도를 하고 있었다. 기억 너머 가물거리는 한 어린이의 작품을 찾아내어 그때를 더듬어 보았다. 먼저 장미혜가 쓴 '작은 통일 큰 통일'을 소개해 본다.


나는 엄마 아빠가 안 계십니다. 아버지는 2학년 때 병으로 돌아가셨고, 얼마 뒤 어머니마저 세상을 떠나셨습니다. 언니와 함께 사는 나는 돌아가신 지 2년밖에 되지 않는데도 갈수록 엄마 아빠가 더 보고 싶어집니다.

그런데 30년 동안 가족을 만나지 못했던 재일 동포들은 얼마나 엄마가 보고 싶었으며, 아빠를 그리워했을까요?

지난해 추석 때와 올해 구정 때 또 어제부터 한식 성묘단이 모국을 방문하는 모습을 텔레비전으로 보았습니다. 기쁨의 울음바다가 된 공항. 고국을 찾기를 소원하던 돌아가신 아버지의 뼈를 안고 오는 아들. 30년 만에 만난 가족들과 부둥켜안고 기쁨의 눈물을 흘리는 재일 동포들. 너무나 감격스럽고 눈시울이 뜨거워지는 장면이었습니다. 나는 그 광경을 보며, 통일된 그 날의 아침을 생각해 보았습니다.

작은 통일이 이루어졌다고 할 수 있는 공항에서 가족을 만난 재일 동포들이 저렇게 기뻐하고 있는데 큰 통일인 남북통일이 이루어지는 아침에는 온 동포가 한 덩어리가 되어 기뻐할 것이며, 그 날의 감격을 도저히 상상할 수 없을 것 같습니다.

교실 창밖에는 태극기가 바람에 힘차게 휘날리고 있습니다. 그 태극기를 바라보고 있으면 동그란 태극 안에 재일 동포들이 가족들을 얼싸안고 기뻐하는 모습이 또렷이 떠오릅니다. 그 모습은 남북통일이 이루어지는 날 온 동포들이 얼싸안고 기뻐하는 큰 통일의 모습으로 바뀌고 있습니다. 그리고 그 날의 함성이 들려오는 것 같습니다.

나는 오늘 저녁 남북통일이 이루어지는 꿈을 꾸렵니다. 그리고 보고 싶은 엄마 아빠도 만나 보렵니다.

미혜는 불우한 가정환경에서 자라고 있었다. 2학년 때 아버지를, 3학년 봄 소풍 가던 날 어머니를 여읜 미혜는 가난한 언니 집에서 살면서 어렵게 학교에 다니고 있었다. 친구들은 즐겁게 소풍을 가고 있는데 슬픔에 겨워 울고 있었을 미혜의 눈물 맺힌 얼굴을 떠올리며, 출석을 불러도 대답을 하지 않을 만큼 극히 내성적인 성격이 된 까닭과 친구들 틈에서 빠져나와 외톨이가 되곤 하는 이유를 알 것 같았다. 이러한 환경 탓인지 미혜는 항상 우울한 표정으로 온종일 말 한마디 않고 얼굴에는 웃음을 잃은 지 오래였다. 미혜의 얼굴에 웃음을 찾아 줄 수는 없을까?

나의 고민은 시작되었다. 그러던 어느 날, 미혜가 쓴 글짓기 작품을 읽던 나는 예쁜 글씨와 뛰어난 솜씨를 발견하고 글짓기를 통해 이 어린이를 바르게 이끌 수 있지 않을까 하는 기대에 부풀어 올랐다. 그 때부터 글짓기 지도에 더욱 열을 올리게 되었다. 먼저 어린이들에게 일기를 쓰도록 하고 하루에 한 분단씩 살펴보고 친절히 지도했으며 잘된 점을 크게 칭찬하였다.

그동안 신문과 잡지에 실린 어린이들의 글짓기 작품을 모아 오던 나는 그것을 책으로 엮어주어 많은 작품을 마음껏 읽을 수 있도록 하였다. 읽을거리가 부족한 어린이들을 위해 어린이 신문을 매일 볼 수 있도록 구독하였으며, 어린이 잡지와 각종 문집을 학급문고로 마련하여 언제나 읽을 수 있도록 하였다.

교실 뒷면에 '이 주일의 글짓기' 코너를 두고 제목을 주어 일주일 동안 열심히 글을 써내도록 하였으며 잘된 글을 뽑아 금상, 은상, 동상으로 나누어 게시하였다. 뽑힌 작품에는 예쁜 상장과 상품을 준비해 꼭꼭 시상하는 것도 잊지 않았다. 상을 받은 잘 된 작품은 학급 신문 '무지개' 에 실어주고 잘된 점과 고칠 점을 서로 의논하게 하였다. 월요일 시상 때면 미혜는 자주 상을 받곤 했다. 나는 크게 칭찬해 주었고 미혜의 생활에도 작은 변화가 찾아들기 시작했다.

그러던 어느 날 재일 동포 모국 방문에 관한 학생 문예 작품 모집을 알리는 가사가 나왔다. 나는 관련 신문 잡지 기사를 스크랩하고 텔레비전, 방송을 녹음하는 등 자료 수집에 바빴다. 그리고 이 자료들을 정성껏 편집하여 어린이들에게 보여준 후 느낌을 자유롭게 글로 표현하도록 하였다.

반 어린이들의 글 중에서 미혜의 글이 가장 뛰어났다. 나는 그 글을 읽으면서 무릎을 치며 기뻐했다. 그때의 그 기쁨을 지금도 잊을 수 없다. 미혜의 글은 곧 서울로 보내졌고 전국의 수많은 응모작 중에서 최고상인 특상으로 뽑히는 영광을 차지하게 되었다.

'오늘 하루만이라도 살아 계셔서 단 한 번만이라도 내 손으

로 만든 이 꽃을 부모님 가슴에 달아드릴 수 있다면 얼마나 좋을까?'

5월 8일 어버이날에 미혜의 일기장에 쓰여 있는 소망이 담긴 글이다. 나는 미혜의 글을 읽을 때마다 미혜가 이상한 안경을 쓰고 있다는 생각이 들었다. 보통 사람들의 눈으로는 볼 수 없는 안경, 그것은 부모님을 그리워하는 그리움의 안경이다. 이 마음의 안경을 끼고 재일 동포들이 가족들과 수십 년 만에 처음으로 만나 부둥켜안고 울음을 터뜨리는 모습을 보았으니 그리움의 안경 없이 본 아이들보다 더욱 또렷이 보았을 것임이 틀림없다. 그 안경이 부모님을 그리워하는 그 마음이 이런 훌륭한 글을 쓰게 한 것이 아닐까?

너무나 가난했던 미혜가 시상식에 갈 여비를 마련할 수 없어서 걱정하고 있을 때 군위 남부학교 어린이회는 가만히 있을 수 없었다. 이 영광된 자리에 미혜가 갈 수 있도록 우리가 돕자는 미혜 돕기 운동을 전개해서 단 하루 만에 여비가 모였으며, 이 소식을 전해 들은 학부형 박은현 씨가 학교에 찾아와 여비에 보태라며 성금을 놓고 가기도 했다. 아름다운 도움에 힘입어 미혜는 5월 5일 시상식장에 참석하여 전 수상자를 대표하여 또렷하게 답사까지 할 수 있었으니 이 얼마나 큰 변화인가. 커다란 트로피와 함께 손목시계, 동화집 등 푸짐한 상품을 받은 미혜는 기쁨을 감추지 못하고 웃음을 되찾고 있었다. 그 날 심사위원장인 아동문학가 고 윤석중 선생님은 다음과 같이 칭찬을 아끼지 않았다.

'오래 헤어져 있던 동포끼리 우선 만남은 작은 통일이요, 이 작은 통일이 쌓이고 쌓이면 큰 통일이 올 것이 아니냐는 이 어린이의 깜찍한 생각은 어른들이 미처 깨닫지 못한 것을 일깨워 준 것이다.'

미혜를 더욱 기쁘게 한 것은 선경합섬 선녀회에서 보내준 많은 학용품을 받게 된 것이다. 이 학용품은 아름다운 마음씨로 미혜 돕기 운동을 벌여 도와준 친구들에게 미혜가 줄 수 있는 귀한 선물이 되기도 했다.

5월 9일 시상식 장면과 '작은 통일 큰 통일' 전문이 텔레비전과 라디오를 통해 전국에 방송되었을 때 눈물을 글썽이며 화면을 바라보던 전 학구민들의 하나 된 마음. 몇 주일 동안 말다툼을 하고 난 뒤부터 계속 토라져 말을 않고 지냈다는 여학생이 미혜의 글을 읽고 똑같이 부끄러워하면서 다시 말을 하게 된 일. 그 어린이들의 일기장에는 약속이나 한 듯이 '내일 내가 먼저 잘못 했다는 말을 하고 다정하게 지내야겠다.'라는 아름다운 마음씨가 보석처럼 반짝이고 있었다.

작은 통일의 물결은 전국에 번졌다. 수많은 어린이와 어려운 환경에서 자랐던 어른들까지 미혜에게 격려의 편지를 수없이 보내 주었다. 특히 서울 대광교의 김남일 군은 이 글을 읽고 감동하여 '작은 통일'을 이루기 위해 '작은 봉사'를 하기로 마음먹고 실천하였다. 이 실천기는 '작은 봉사 작은 통일'이란 제목으로 통일 글짓기 대회에 으뜸글로 뽑혀 국토통일원 장관상을 받았다. 시상식에 참석한 미혜의 딱한 사정을 알고 소년조선일보 사에서는 뜻밖에 장학금을 마련해 주었고, 미혜의 3학년 때 담임이셨던 양갑수 선생님께서도 학용품을 보내주셨다. 동화책을 보내준 서울의 허병화 씨, 그리고 격려의 편지를 보내준 많은 어린이.

10월 30일에는 조선일보사에서 성금을 보내왔다. 서울 시내 여러 학교에서 장미혜 돕기 성금을 소년조선일보에 맡겼기 때문이다. 그 날은 마침 운동회 날이기도 했다. 뜻밖의 경사가 겹친 군위 남부교 어린이들과 학부모들은 크게 기뻐하였으며 성금을 받아든 미혜의 눈에는 어느 사이엔가 눈물이 고여 있었다.

서울에 다녀온 미혜의 행동은 눈에 띄게 변화되기 시작했다. 그러나 의지하던 형부마저 세상을 떠나게 되는 슬픔을 맞게 되었다. 그래서 미혜는 언니와 함께 더욱 힘겨운 생활을 하게 되었으니 착한 미혜에게 왜 이런 슬픔이 또다시 찾아왔는지 원망스럽기까지 했다.

'이웃이란 몸이 아니라 그 마음이 함께 있는 자'라는 어느 교수님의 말처럼 가까운 이웃들의 정성 어린 성금으로 미혜가 포기했던 중학교에 진학하던 날 잔잔한 기쁨을 느끼며, 미혜에게 작은 행복 큰 행복이 듬뿍 찾아주길 두 손 모아 빌었다.

# 독도 사랑

독도에 다녀왔다. 독도 댄스를 배우면서 문득 몇 년 전 일본의 교과서 왜곡과 시마네 현의 '다케시마의 날' 제정 조례로 인해 전국에 독도 사랑 운동이 물결치고 있었던 때가 생각났다. 내가 근무하던 학교에서도 초등학생들의 눈높이에 맞는 독도 사랑 운동을 펼치기 위해 독도를 지키고 있는 독도 경비대원들에게 감사의 편지를 쓰기로 했다. 내게는 지난 학창 시절 국군 장병들께 보내는 위문편지를 연중행사처럼 썼던 일이 추억으로 남아 있는데, 이러한 기회마저 드문 요즈음 학생들에게는 좋은 추억이 될 것으로 생각하였기 때문이다.

전교생 549명이 모두 참여한 편지 쓰기는 많은 감동을 남겼는데, 학생들이 정성 들여 쓴 글 속에는 대담을 통해 저명

인사들이 제시한 방안들이 모두 들어 있음을 보고 깜짝 놀라지 않을 수 없었다. 그리고 학생들의 작은 마음속에 담겨 있는 애국심은 어른들보다 절대 작지 않다는 것을 새삼 깨닫게 되었다.

'물고기 한 마리, 풀 한 포기도 일본에 빼앗길 순 없죠. 저는 일본에 대한 엄청난 분노를 느끼고 있습니다. 그래서 일본 만화, 일본 물건 등 일본 것은 절대로 보지도 사지도 않습니다.'
                                              - (6학년 고유한)

중국에서 반일 데모를 하며 벌이고 있는 일본 제품 불매 운동을 이 어린이는 이미 조용히 실천하고 있지 않은가?

'이번 소풍은 독도로 가서 친구들과 도시락도 먹고, 경비대 아저씨들과 만나서 독도에 관한 이야기도 할 수 있었으면 좋겠습니다.'
                                              - (2학년 손동록)

'친구들과 길거리를 걷다 보면 옷가게에 '독도는 우리 땅' 이라고 적힌 글씨와 우리 땅 독도가 그려진 티셔츠가 눈에 많이 띕니다. 그럴 때마다 저의 마음은 벌써 독도로 가서 독도를 지켜주시는 경비대 아저씨와 함께하고 있답니다.'
                                              - (6학년 한보라)

독도 방문이 자유로워지자 독도 사랑의 마음을 가진 많은 사람이 독도를 찾아 나섰다. 그들 관광객의 마음이나 독도로 소풍을 가고 싶은 이 학생들의 마음이나 같은 마음이리라.

'독도를 지키시느라 힘드시죠. 일본 사람들이 독도를 자기네 땅이라고 하는데 독도를 잘 지켜주세요. 나중에 커서 제가 독도를 지킬게요.'　　　　　　　　　- (2학년 황선재)

'저도 크면 아저씨들처럼 독도를 지키고 싶어요.'
　　　　　　　　　　　　　　　　　　- (3학년 박영건)

커서 독도 지킴이가 되려는 이 학생들의 마음에서 육이오 전쟁 직후 순수한 애국심으로 독도를 지킨 33명의 독도 의용 수비대의 마음을 보는 듯하다.

'우리가 지금까지 일본에 어떤 빈틈을 보였기에 우리를 우습게 생각하고 계속 독도를 빼앗아 가려고 하는 걸까? 일본 욕만 하지 말고 가만히 생각해 봐야 합니다. 다시는 일본이 우습게 생각하지 않도록 모두 열심히 노력해 주었으면 합니다. 저도 열심히 노력하겠습니다.'　　- (6학년 이보현)

'독도 경비대 아저씨 고맙습니다. 일본 사람들은 남의 물건을 빼앗는 도둑이나 산적 같습니다. 일본 사람들이 우리나라를 얕보는 게 마음 아픕니다. 우리가 커서 꼭 우리나라를 힘 있는 나라로 만들어서 우리나라 땅을 노리지 못하게 만들겠습니다. 그때까지 독도를 잘 지켜주세요.
　　　　　　　　　　　　　　　　　　- (2학년 황원찬)

'일본 사람들이 독도가 자기네 땅이라고 지도나 책자를 만들어 온 세계에 엉터리 사실을 알리기 때문에 세계 여러 나라 사람들이 속아서 독도를 일본 땅인 줄 안다고 합니다. 우리도 세계가 독도를 우리 땅이라고 인정하는 그 날까지 '독도는 한국 땅' 이라고 열심히 알려야겠어요.'

- (5학년 김정훈)

'일본이 독도가 우리 땅인 것을 뻔히 알면서 일부러 자기네 땅이라고 우기다니 정말 나빠요. 북한과 함께 힘을 모아 일본을 혼내주어야겠어요.'          - (4학년 차민지)

힘을 길러야 하겠다. 또 독도 문제는 북한과 힘을 합쳐 함께 대응하고, 연구하는 방안이 필요하다는 생각이 대견스럽게 느껴진다.

'일본이 독도가 예쁘고 소중해서 자기 것이라고 우기는 것이 철없는 동생 같다고 생각해요. 제 동생도 철이 없어서 남의 것도 제 것처럼 생각하거든요.'          - (1학년 이예린)

귀여운 일 학년의 글에 나타난 어린이들의 맑은 생각과 나라 사랑의 마음이 우리를 한없이 유쾌하게 만들어 준다. 역시 어린이는 어른의 아버지임을 다시 한 번 깨닫게 한다. 일본 사람들의 역사를 보는 눈도 우리 어린이들처럼 좀 더 순수해졌으면 좋겠다.

# 학생 피아노 경연대회

전국학생 피아노 경연대회가 열리는 문화예술회관에 가기
위해 지하철을 탔다. 이른 아침이어서 인지 지하철은 한산했
다. 오랜만에 타 보는 지하철 속에서 마음은 이미 대회장으
로 달려가고 있었다. 예술회관에 도착하니 날씨는 꽤 추웠지
만 200여 명의 참가 학생들과 응원 나온 가족 친지들의 열기
는 추위를 녹이고도 남았다.

그동안 갈고닦은 기량이 피아노 건반을 통해 유감없이 나
타났다. 겨울이 깊어가듯 나도 음악 속에 깊이 젖어들었다.
물이 몸을 깨끗하게 한다면 음악은 우리의 마음과 영혼을 씻
어주는 물이라는 생각을 했다.

가끔은 너무 긴장한 나머지 실수하는 안타까운 모습에 손
에 땀을 쥐고 함께 마음 졸이던 가족들의 안타까운 탄성이

들리기도 했다. 다섯 시간의 장거리 경연이 끝나고 13명의 본선 진출 학생들이 뽑혔다.

결과 발표가 있기 전 리코더 연구회원들의 특별 공연이 청중들을 음악 속에 푹 빠져들게 했다. 아름다운 소리를 완벽하게 만들어 내는 회원들의 연주 속에서 그동안 한 길을 걸어오며 자신을 다듬어 온 그 무한한 노력에 마음으로부터 우러나오는 존경을 금할 수 없었다.

아마추어들의 피아노 연주를 들으며 순수함과 긴장으로 숨죽이던 청중들에게 프로들이 펼치는 완벽한 선율은 또 다른 감흥을 안겨주기에 충분했다. 본선 진출 학생들의 기쁜 얼굴과 예선에 탈락한 학생들의 아쉬워하는 얼굴이 명암처럼 얼굴에 나타났다.

문득 어느 철학자의 이야기가 생각난다. 이 세상을 만들 때 신은 기쁨과 슬픔의 비율을 정해 놓았다고 한다. 그래서 어느 한 사람이 기뻐하면, 기뻐하던 다른 한 사람이 슬퍼져야 하고, 역시 기뻐하던 누군가가 슬퍼지면, 슬픔에 빠져 있던 누군가가 기쁨을 만나게 된다고 했다.

그동안의 애씀과 노력을 생각하면 모두가 상을 받는 기쁨을 누려야겠지만, 그렇게 되지 못하는 것은 이 세상에 정해져 있는 그 비율 때문인지도 모른다는 생각을 해 본다.

13명의 본선 진출자의 연주는 지금까지와는 또 다른 감동을 주었다. 잘 갖추어진 기량을 마음껏 뽐내는 학생들의 피아노 솜씨는 예선에 맛보는 선율과는 엄청난 차이를 느끼게 했다. '역시 전문가의 예리한 눈과 귀로 뽑은 본선 진출자의 연주는 다르구나' 감탄하면서 또 다른 즐거움에 빠져들었다.

본선에 진출하지 못한 학생들의 마음가짐은 둘로 나뉘었다. 내가 부족한 점이 무엇인지 알아보려는 듯 본선 진출자의 연주를 놓치지 않으려고 잘 보이는 앞줄로 자리를 옮겨 주목하고 듣는 학생이 있는 반면 불만이 있는 듯 또는 운이 없어서 떨어졌다고 기분 나빠하는 듯 그 자리를 떠나 버리는 학생도 많았다.

내 바로 뒤에는 어린 학생과 어머니인 듯한 여성이 함께 앉아 귓속말로 연주하는 학생의 장점을 일일이 지적하면서 너무나 열심히 듣고 있었다. 참 아름다운 모습이었다. 조각가가 대리석에서 필요 없는 부분을 하나하나 떼 내었더니 훌륭한 조각품이 되었다는 이야기처럼 이 학생은 다음 대회에는 자신의 부족을 떼 내고 또 다른 모습으로 참가할 준비를 하는 것 같다. 그리고 열심히 바라보고 있는 저 본선 연주자의 자리에서 지금처럼 누군가가 부러워하며 배우려고 바라보는 가운데 열심히 자기의 기량을 뽐내지 않을까.

다음 대회에는 이 모녀처럼 더 많은 학생이 멋진 본선 진출자의 연주를 통해 자기를 다듬어 가는 보람 있는 대회가 되었으면 하고 기원해 본다.

여섯 시간 동안 음악에 젖어 내 마음과 영혼을 다듬어 가도록 해 준 미래의 꿈나무들에게 각자가 지닌 자기의 음색으로 더욱 아름다운 세상을 만들어 주길 빌어본다.

# 소리꾼 조혜진

한 해가 저물어 가는 12월 19일 오후 3시 대구문화예술회관 소강당에서 경주 월성초등학교 6학년 조혜진 학생이 판소리 심청가를 완창 하는 뜻깊은 발표회가 열렸다. 판소리는 유네스코에서 세계가 보존해야 할 문화유산으로 지정한 자랑스러운 우리나라의 무형 문화재이다. 그 완창의 현장에 함께 할 수 있었음을 기뻐하며, 명창들도 어려워하는 판소리 완창을 어린 초등학생이 할 수 있었던 성공의 비결을 생각해 보았다.

항간에는 성공을 위한 여덟 가지 키워드를 다음과 같이 꼽고 있다. 재미있는 것은 모두가 쌍기역을 지니고 있는 한 글자라는 점이다.

끼, 끈, 꾼, 꾀, 꿈, 꼴, 깡, 끝이 그것이다. 성공의 키워드를 긍정적인 각도에서 보면 끼란 열정을 말하며, 끈은 폭넓은 인간관계, 꾼은 자기 분야의 일인자, 꾀는 지혜, 꿈은 미래 설계의 첫걸음, 꼴은 깔끔한 생김새, 깡은 강한 의지와 용기, 끝은 아름다운 마무리를 뜻한다고 요약할 수 있다. 조혜진은 이러한 성공의 조건을 갖추고 있었다.

먼저 충분한 끼를 지니고 태어났다. 4살 때 우연히 판소리를 접한 후 방송이나 공연을 보면 너무나 좋아했고, 특히 청각이 매우 뛰어나서 국악에 남다른 소질과 재능을 나타냈다.

어릴 때부터 끈이 되어준 훌륭한 스승을 만났다. 먼저 김추자 명창을 만나서 기초를 닦았으며, 지금은 KBS 국악 대상을 받은 정순임 명창에게 특별 지도를 받고 있다. 또 어머니 김진숙 여사를 비롯한 주위의 많은 분이 성원의 끈을 늦추지 않았으며, 공연장에는 백환우 교장 선생님을 비롯한 교직원, 조경환 담임선생님과 반 친구들, 학부모님들이 격려의 박수를 힘껏 보내주었다.

어느 언론 매체도 하지 못한 어려운 국악 인재 발굴을 창간한 지 얼마 되지 않은 '한국미래신문사'가 사명감으로 행사를 주관하여 준 것도 또 하나의 끈이 되었다. 신문사의 전 임직원과 운영진이 함께 참여하는 모습도 보기 좋았으며, 명창 정순임 선생의 제자이며 판소리로 최초의 박사과정을 수료한 권하경 선생님이 서울에서 달려와 간단히 판소리를 소개하면서 멋진 사회를 본 것도 아름다운 끈이 되었다. 아니 그날 발표회장을 채우고 추임새로 박수로 격려한 모든 분이 모두 조혜진을 아끼는 든든한 끈이 되었다고 할 수 있다.

조혜진은 꾼이었다. 판소리 심청가를 완창한 최초의 초등학생으로 이 방면의 명실상부한 일인자였다.

꿈은 성공을 이루기 위한 씨앗이라 할 수 있다. 혜진이는 판소리로 세계무대에 서서 한국의 종합예술인 판소리를 세계에 알리고 싶다는 야무진 꿈을 어린 시절부터 지니고 있었다. 그 꿈을 이루기 위해 수많은 어려움을 헤치고 완창의 무대에 서서 타고난 재능을 유감없이 발휘하여 우리를 감탄시켰으며, 무한한 가능성을 보여주었다.

발표회를 가지기에 앞서 가르쳐주신 두 분 스승에게 큰절을 올리는 모습은 심청이가 다시 살아온 듯 아름답고, 가슴 뭉클하게 하는 장면이었다. 타고난 목소리와 가야금과 고전무용으로 익힌 다재다능한 솜씨는 그대로 심청가에 녹아들었고, 그 단정하고 깔끔한 모습은 판소리 심청가를 또 다른 모습으로 우리 앞에 다가서게 하였다.

심청가를 완창하는 동안 몇 번이고, 힘든 고비가 있었다. 그러나 혜진이는 스승님과 부모님 월성초등 가족들과 미래신문 모든 임직원들과 많은 청중들의 격려를 저버리지 않고, 깡으로 어려운 고비 고비를 넘어 성공적으로 발표회를 마쳤고, 뜨거운 격려와 축하의 박수를 받았다. 비록 조용하고 조촐하였지만 따뜻한 정과 사랑이 함께 한 멋진 발표회였다.

# 교환 학습

봄과 겨울의 땅뺏기는 겨울이 늘 이기는 것 같았다. 봄이 이기는가 생각하는 순간 다시 겨울의 재공격에 봄은 힘없이 물러가곤 했다. 겨울은 끝까지 끈질기게 공격해 왔다. 목련이 봄의 승전을 알리려고 얼굴을 내밀면 시샘하듯 다시 공격하여 아름다운 얼굴을 상처투성이로 만들어 버렸다. 그러나 공격의 강도도 횟수도 점차 줄어들고 마치 전쟁 끝 무렵에 후퇴하며 산속에 숨어 있다가 한 번씩 기습 공격을 하는 패잔병 같은 느낌을 주기 시작할 때쯤 봄은 힘을 모아 새싹을 틔우고 꽃을 피우면서 승전을 알렸다.

교정에 벚꽃이 활짝 피었다. 학교가 환해졌다. 그때 전교생이 27명인 작은 학교에 반가운 소식이 전해졌다. 멀리 포항 영흥 초등학교의 김찬민 군이 교환 학습을 위해 온다는 것이다. 아마 집안에 회갑이나 결혼이나 무슨 잔치가 있는 모양이라고 생각했다. 그러나 벚꽃이 눈처럼 꽃잎을 흩날리기 시작하는 4월 2일 어머니와 함께 찾아온 찬민이의 교환 학습 목적은 좀 색달랐다.

어느 날 아버지께서 초등학교 시절의 학교 이야기를 해 주셨다. 찬민이는 갑자기 30여 년 전 아버지께서 다니시던 그 학교에 가서 공부하면서 아버지의 어린 시절을 느끼고, 직접 체험하고 싶어졌다. 그래서 교환 학습을 신청했다는 이야기를 듣고 매우 반가웠다. 찬민이에게 비록 사흘 동안의 짧은 기간이지만 추억을 많이 만들고 가도록 하라고 격려해 주었다.

새 학년을 시작하고 한 달이 지난 중요한 시기에 아들의 부탁을 선뜻 들어준 부모님의 교육에 대한 깊은 이해가 너무나 귀하게 여겨졌다. 아버지와 어린 동생을 두고, 어머니께서 3학년인 찬민이를 데리고 멀리 경산까지 왔으니 가족 모두 얼마나 불편할까. 그러나 찬민이와 어머니의 얼굴에는 기쁨만이 가득했다. 아름다운 모습이었다.

사흘 동안 찬민이는 열심히 친구를 사귀고 학습 활동에 참여하면서 밝은 표정으로 스물여덟 번째 학생이 되어 모범을 보였다. 친구가 귀한 곳이어서 담임의 이야기를 빌리면 짧은 기간이지만 서로 좋은 점을 닮으려고 노력하는 모습이 보기 좋았다고 한다. 교환 학습을 마치고 인사를 하러 온 찬민이가 떠나기를 아쉬워하면서 자기가 다니는 학교의 개교기념일에 꼭 다시 오겠다고 했다.

정겹게 이야기를 나누면서 걸어가는 모자의 머리 위에 벚꽃이 축하라도 하는 듯 봄비처럼 내리고 있었다. 집에 돌아가서 온 가족이 이야기꽃을 피우며 행복에 젖는 모습을 떠올리며 나도 봄 속으로 깊이 빠져들었다.

# 시작과 끝

인간은 혼자의 울음으로 태어나서 여러 사람의 울음 속에 생을 마친다. 해가 떠오르면 하루가 시작되고, 해가 지면 마무리된다. 출근으로 직장 일이 시작되고 퇴근으로 끝난다. 가게 문을 열면서 장사가 시작되고 셔터를 내리면서 끝난다.

직장의 동료와 만남의 악수를 한 것이 엊그제 같은데 이별의 악수를 해야 한다. 환영회로 만난 동료를 송별회로 보내야 한다. 한 편의 수필이나 영화도 서두로 시작되고 절정을 거쳐 결미로 끝이 난다. 글을 읽으며, 영화를 보며 인생도 이처럼 시작과 끝의 반복임을 느낀다.

경기장에도 시작의 종과 끝을 알리는 호루라기 소리가 있다. 좁은 링에도 넓은 축구경기장에도 단거리에도 마라톤에도 시작과 끝이 있고 승자와 패자가 있다. 차에 오르는 순간

여행이 시작되며 집에 돌아오면 끝난다. 우리는 마라톤 하듯이 승자가 되었다가 패자가 되었다가 하면서 하루하루를 시작하고 끝맺는다.

끝이라는 것 속에는 항상 시작이란 의미가 숨어 있다. 초등학교를 졸업하면 중학교 입학이 기다린다. 매월 마지막 날 달력을 뜯으면 새로운 달이 시작된다. 이러다 보면 어느덧 한 해가 저물고 새해가 된다.

새해의 시작을 언제로 할 것인지도 시대마다 지역마다 다르다. 일 년 중 밤이 가장 긴 날인 동지冬至를 새해의 시작으로 여기기도 한다. 음과 양으로만 따진다면 이 관점이 맞을 수 있다. 춘분을, 대보름을 새해의 시작으로 생각하기도 한다. 나름의 이유가 있다.

양력 1월 1일이 되면 묵은해를 보내고 새해를 맞이한다. 새 달력을 거는 이 날을 새해의 시작으로 여기는 것은 지극히 당연한 일이다. 그러나 음력 설날을 새해 첫날로 여기는 사람도 참 많다.

농사짓는 사람들은 입춘을 한 해의 시작으로 여긴다. 봄을 상징하는 입춘은 24절기 중 첫째로, 새로운 해의 시작을 의미한다. 날씨가 따뜻해지기 시작하는 날이야말로 농사를 준비하는 실질적인 새해라고 여긴다. 농가에서는 입춘 날, 보리 뿌리 점〔麥根占〕을 쳤다. 보리뿌리를 뽑아 세 가닥이면 풍년, 두 가닥이면 평년, 한 가닥이면 흉년이 든다고 믿었다. 그 사람의 태어난 띠를 정할 때도 입춘 전에 태어났으면 전년도 띠로 간주하고, 입춘 후에 태어나야 신년도 띠로 여겼다.

올해는 지구 종말론이 다시 고개를 들고 있다. 초등학교 시절에도 지구가 멸망한다는 이야기를 듣고 친구들과 높은 산에 피난할 곳을 찾아다니던 기억이 난다. 종말론은 과학의 힘을 빌리고 다가온다.

60년대 인구폭발과 세계 대기근 론, 70년대 자원고갈론, 80년대 산성비, 90년대 세계적인 유행병이 그렇다. 2000년대 들어선 지구 온난화로 할리우드영화 〈2012〉가 종말론을 부추기고 있다. 2004년 인도네시아 쓰나미, 2008년 중국 쓰촨성 대지진, 2011년 일본 동북부 지역의 쓰나미가 더욱 분위기를 돋운다.

우리나라에서 대표적인 종말론으로 다미선교회에서 주장했던 1992년 10월 28일 휴거설이 생각난다. 예수가 세상을 심판하기 위해 이 땅에 다시 와서 구원받은 사람들을 공중으로 데려간다고 예언했다. 당시 전국 166개 교회에 흰 옷을 입고 모였던 신도들은 자정이 넘어서도 아무 일이 없자 시계를 보며 가족들의 손에 이끌려 흩어졌다. 집회주최자들은 휴거 연기설을 발표하다 뒷문으로 사라졌다. 그때 많은 사람이 하고 싶은 일을 한 번 해보고 마지막을 맞을 생각으로 소를 잡거나 돈을 마구 쓰는 등 어리석을 짓을 했다가 낭패를 당하기도 했다.

생각해 보면 인간은 날마다 종말을 맞고 있다. 따라서 종말에 대해 새삼스레 얘기할 필요가 없다. 날마다 종말이라는 생각으로 자신에게 주어진 '오늘'을 온 힘을 다해 사는 자세가 종말을 맞는 바른 자세가 아닐까. 날마다 종말을 고하고, 날마다 새날을 맞는 삶을 통해 날마다 새로 태어나는 존재가 될 수 있다.

3월이다. 학교는 3월과 함께 새 출발을 한다. 귀여운 일 학년이 가슴을 콩닥거리며 부모님 손을 잡고 교문을 들어서서 입학식을 하면 학교는 새로운 시작을 한다. 시작은 언제나 두려움을 데리고 다닌다. 학생들은 일 년 중 3월에 가장 키가 작게 큰다고 한다. 시작에 대한 두려움 때문이다. 언제 올지 모르는 종말을 생각하기보다는 새로운 시작을 하는 모두에게 용기를 가지고 아름답게 출발할 수 있도록 정겨운 눈길을 보내야겠다. 새싹처럼 여린 새 출발에 우리의 앞날이 달려있기 때문이다.

김한성 수필집
헛전화

# 제 4 부
## 무궁화 꽃이 피었습니다

# 저승에 '뺑'자가 생긴 것일까?

군위軍威의 추득실秋得實, 청송靑松의 백운학白雲鶴, 용궁龍宮의 어득수魚得水, 하회河回의 류시춘柳時春은 출생지와 성명이 잘 어울리는 것으로 손꼽히고 있다.

그러나 누구에게나 있는 이름이 모두 이처럼 잘 어울리는 것은 아니다. 학생들이 친구로부터 놀림을 받는 이유 중 가장 흔한 경우는 이름 때문이다. 몇 년 전 대법원에서 전국 초등학교 학부모 6천 명을 대상으로 조사한 결과 약 1할이 자녀의 이름을 고치고 싶어 했다.

김치국金治國, 조방구曹尨九, 구두방具斗邦, 조용해趙龍海, 우동집禹東集, 이병신李炳新, 장무식張戊植, 피철갑皮鐵甲, 나죽자羅竹子, 최지옥崔志玉 등 한자의 좋은 뜻을 생각해 지은 이름이 소리로는 엉뚱한 것을 연상시켜 놀림의 대상이 되기도 한다.

박아지, 문어진, 구덕이 등 한글 이름도 이름 그 자체는 산뜻하고 좋으나 연음 법칙에 의해서, 또는 특정한 성과 어울릴 때 엉뚱한 뜻으로 바뀌고 만다.

교사 시절 수업을 시작하기 전에 이름을 꼭 불렀다. 이름 부르기에는 출석을 확인하는 이상의 깊고도 소중한 뜻이 담겨 있다. 이름에는 어떤 힘이 있다. 강원도 삼척에는 적로동 積老洞이 있다. 이곳의 원래 동명은 무로리無老里로 이름처럼 마을에 노인이 없었다고 한다. 주민들은 장수의 염원을 담아 적로동이라 고쳐 부르게 되었고, 지금은 이웃 어느 마을보다 나이 많은 어른들이 많이 사는 장수촌이 되었다.

병원에서 간호사들이 기회 있을 때마다 어린 환자들의 이름을 불러주었더니 병이 빨리 나았다는 연구 결과도 있다. 또 노사분규가 온 직장을 휩쓸 때에도 사장이 직원의 이름을 기억하고, 날마다 정답게 불러준 것만으로 그 회사에는 분규가 사라졌다고 한다.

이름 이야기가 나오면 ㅊ선생이 생각난다. 그 분은 자식이 여덟이었다. 그런데 모두가 딸이었다. 그때는 자식을 많이 낳던 시절이라 수가 문제가 아니라 모두 딸이라는 데 문제가 있었다. 아들을 낳기 위해 온갖 노력을 기울였지만 결국 딸만 여덟을 낳게 되었다.

선생은 딸 이름을 후돌後乭, 말숙, 말자, 꼭지로 신경 써서 지었다. 다음에 꼭 아들을 낳기 위해서는 예쁜 이름보다 사연 있는 이름을 지을 수밖에 없었다.

그러나 마음이 담긴 별명으로 부르는 이름은 따로 있었다. 첫째 딸은 아들과 같다는 뜻으로 여일如一, 둘째 딸은 혹 둘은 낳을 수 있다고 혹이惑二, 셋째는 좀 과하다고 과삼過三, 넷째는 분한 생각이 들었다고 분사忿四, 다섯째는 놀랄 수밖에 없다고 경오驚五, 여섯째는 숨이 막히는 듯하다고 육질六窒, 일곱째는 마음을 비우니 공주처럼 여겨져 공주公主, 여덟째는 공주 위에 어떤 이름을 부르랴, 선녀仙女라 할 수밖에.

더욱 슬픈 사연이 있었다. 딸 여덟을 낳은 뒤 다시 배가 부르기 시작한 선녀의 어머니는 동생을 가지게 되었다. 선생의 고민은 나날이 깊어 갔다. 어떻게 할 것이냐, 낳느냐 마느냐 그것이 문제였다. 햄릿이 사느냐 죽느냐를 고민하는 것만큼, 아니 그보다 더 깊은 고민에 빠져들었다. 어려운 고민이었지만 결론은 쉬웠다. '나에게 무슨 아들 복이 있으랴?' 라는 생각에서 출산을 포기하기로 했다. 나중에 알게 된 일은 그 마지막 아이가 아들이었다는 것이다.

수없이 듣는 이야기였지만 기막힌 사연이 담긴 넋두리를 들으면서 함께 안타까워하지 않을 수 없었다. 이야기가 끝나면 구성진 노랫가락을 남기면서 사택으로 돌아가시던 모습이 지금도 눈에 선하다.

'뺑'이란 이름을 가진 학생이 있었다. 출석을 부를 때마다 웃음바다가 되었고, 뺑 둘러서서 '뺑'이를 놀려서 말리느라 무척 애를 먹었다.

'뺑'이가 이런 이름을 가지게 된 데에는 사연이 있었다. '뺑'이는 할머니와 둘이서 살았다. 아버지는 '뺑'이가 태어난 지 얼마 되지 않아 돌아가시고, 어머니는 집을 나간 뒤 오래도록 소식이 없었다. '뺑'이에게 형이나 누나가 없었던 것은 아니나 태어난 지 얼마 되지 않아 병으로, 사고로 모두 죽고 말았다.

할머니는 이름을 잘못 지어 죽게 되었다고 생각하고, 동양 철학을 한다는 작명가를 찾아갔다. 그 작명가는 할머니의 때 묻은 돈을 받고 다시는 죽지 않을 이름을 지어 주겠다고 했다. 사람이 죽는 것은 염라대왕이 보낸 저승사자가 데려갈 사람의 이름을 수첩에 적어 다니므로 저승에 없는 글자로 이름을 지으면 된다고 그럴듯하게 설명했다.

할머니는 그 글자가 무엇이냐고 물었다. 작명가는 '뺑'이라고 했고, 결국 손자의 이름은 '뺑'이가 되고 말았다. 그러나 할머니는 한 가지 걱정이 있었다. 작명가가 지금은 저승에 '뺑'자가 없지만, 앞으로 생길지도 모른다는 말을 했기 때문이다.

이름 덕인지 '뺑'이는 건강하게 자라서 초등학교 3학년이 되었고, 내가 담임하게 되었다. 그 학교를 떠나오고도 나는 '뺑'이를 잊을 수 없었다. '뺑'이는 중학교를 졸업하고 고등학교에 잘 다니고 있다는 편지를 가끔 보내왔다. 그러다가 소식이 뚝 끊어졌고, '뺑'이가 친구들과 수영을 하다가 함께 익사했다는 슬픈 소식을 들었다.

## 수필의 재미와 소재의 선택

잘 아는 바와 같이 문학 교과서에 보면 문학은 그 기능이 교훈과 쾌락에 있다고 씌어 있다. 서양 수필의 경우 유머가 절대적인 위치를 차지하게 된다. 그러나 우리나라의 경우 일상, 그 서정과 한에 집착할 뿐, 재미에 대해서는 크게 신경을 쓰지 않는 것이 사실이다. 그래서 한때 수필계에서 이 재미에 대해 특집을 엮은 것을 읽은 기억이 난다.

그만큼 재미라는 특성을 너무 소홀히 한 탓에 오늘날 한국 수필이 일부 신변잡기에 머물게 된 이유 중의 하나가 되지 않았나 생각된다. 우리는 한때 쉽게 웃는 것조차 천박하다면서 근엄할 것을 강요받기도 했다. 그러한 유산이 아직도 우리 의식 속에 남아 있는지 모를 일이다.

김한성의 수필 〈저승에 '뺑' 자가 생긴 것일까?〉는 이름 짓기에 대한 이야기다. 이름이 인간 생활에 미치는 연구는 다양하다. 긍정적인 이미지를 가진 이름과 부정적인 이미지를 풍기는 이름이 그 사람에게 미치는 공과는 삼척동자도 알 만한 일이다. 물론 여기에는 이니셜도 포함된다. 미국 캘리포니아 대학에서 연구 발표한 바에 의하면, 긍정적인 이름을 평생 동안 불러 주는 경우와 그렇지 못한 경우와의 대비에서 긍정적인 편이 무려 5년 동안이나 생존율이 높았다는 것이다.

이승만 독재에 시달리던 서민호 씨가 자기의 손자 이름을 서치만(이승만을 다스려라)이라고 지은 것만 보아도 이름에 대한 신념이 어떠한 것인가를 짐작하게 된다. 이러한 실례를 화자는 "강원도 삼척에는 적로동積老洞이 있다. 이곳의 원래 이름은 무로리無老里로 이름처럼 마을에 노인이 없었다고 한다. 주민들은 장수의 염원을 담아 적로동으로 고쳐 부르게 되었고, 지금은 이웃 어느 마을보다 나이 많은 어른이 많이 사는 장수촌이 되었다."고 한다. 이처럼 이름에 얽힌 이야기는 많다.

어느 작명가는 이름이 나빠 자식들이 일찍 죽었다면서 작명하러 찾아온 할머니에게 '빵'이라는 이름을 지어주었다. '빵'이라는 글자는 저승에 없기 때문에, 저승사자가 이 이름을 가진 사람을 저승에 데리고 가지 못할 것이라면서 오래 살게 될 것이라고 했다는 것이다. 앞으로 저승에 '빵' 자가 생기기 전까지는 말이다. 이름에 얽힌 자못 유머스런 수필로 이 계절의 가작이라 하겠다.

(하길남, 에세이21 제17호)

# 풍자적인 수필

1) 사람 이름, 곳 이름의 특이한 것을 잡아서 풍자적인 수필을 만들었다.

2) 점쟁이가 지어준 '빵'이라는 사람 이름에서 이 글의 주제를 잘 살려냈다.

3) 곳 이름 '적로동'이 첫머리에 나오는데 오래 산다는 뜻을 가진 동네 이름과 '빵'이라는 이름이 오래 산다는 점쟁이의 말과 연관을 가지고 있다. 우연같이 보아 넘길 수도 있는데 작가의 의도가 있음을 느끼겠다.

4) '끝맺음'이 콩트처럼 되었다. '빵'이라는 이름은 오래 산다고 했는데 역시 일찍 물에 빠져 죽었다. 그래서 '저승에 빵 자가 생긴 것일까?' 해서 풍자했다.

5) 김한성의 특기는 일반 대화, 수필에서 풍자 해학의 선천적 소질을 가지고 있다. 한국수필이 너무 딱딱한데 부드럽게 하는 역할을 맡으리라.

(김시헌, 영남수필 22호 합평회)

# 해바라기

　나는 해바라기를 좋아한다. 해바라기의 노란 얼굴을 마주
쳐다보며 즐거워한다. 그 둥근 얼굴 속에서 수많은 그리운 이
들을 떠올릴 수 있다는 것은 얼마나 기쁜 일인가?

　인생은 일 년을 더 살면 더 살수록 그리워지는 얼굴들만 늘
어나는 것 같다. 어찌 그리운 얼굴이 가족뿐이랴. 스승과 제
자의 관계로 만났다가 지금은 흩어져 버린 수많은 얼굴, 어릴
때 함께 뛰어놀던 죽마고우, 한 핏줄을 이어받은 친척들, 한
직장에서 목적을 같이했던 동료 직원들. 그들 가운데는 나이
와 경우는 다르더라도 이미 이 세상을 떠나 버린 얼굴도 있지
않은가.

　그리움의 색깔과 짙기는 다르더라도 한 번만이라도 더 만
나보고 싶고, 그 시절로 되돌아가서 함께 하고 싶은 얼굴이

너무나도 많다.

세월의 나이테가 늘어 가면 갈수록 그리운 얼굴들은 그 수를 더해 가고 그리움의 원도 커져만 간다.

지난 5월, 비가 갠 아침. 모밭에서 알맞게 자란 해바라기를 학교 둘레에 정성껏 옮겨 심었다. 어린이들은 꽃을 심는 것이 무척 기쁜 모양이다. 해바라기를 심으면서 "선생님은 무슨 꽃이 제일 좋아요?" 하고 물었다. 나는 해바라기를 번쩍 들어 보이며, 좋아하는 꽃이 있다는 사실을 무척 다행스럽게 여겼다. 어린이들은 좋아하는 꽃 이야기를 나누며 그 꽃이 제일이라고 야단들이다. 꽃을 심으며 꽃 이야기를 나누는 모습이 한 포기 꽃처럼 여겨졌다. 그들은 해바라기를 심으며 고운 꿈과 아름다운 마음씨도 함께 심고 있었다.

해바라기는 잘 자라는 꽃이다. 그를 가로막는 담의 높이가 높으면 높을수록 더욱더 발돋움하며 자란다. 담보다 한두 뼘이라도 더 치솟고야 마는 담 넘어 피는 꽃이다. 무엇이나 구경하기를 즐기는 어린이들과 얼마나 닮은 꽃이냐.

나는 해바라기의 시원스런 그 키를 좋아한다. 그리고 어린이들도 쑥쑥 자라기를 바란다. 그들의 마음도 지혜도 지식도 해바라기처럼 잘 자라기를 바라는 욕심을 가진다.

해바라기를 사람의 얼굴처럼 여기는 것은 어린이들의 마음에서도 읽을 수 있다.

오줌이 누고 싶어서
변소에 갔더니
해바라기가
내 자지를 보라고 한다.
나는 안 비에(보여) 줬다.
〈3학년/이재흠〉

나는 어린이들의 이런 순진한 마음을 좋아하며, 변소 둘레에도 해바라기 몇 포기를 심었다.

해바라기는 이름 그대로 해를 바라보며 자라는 꽃이다. 오직 태양만을 향해 의지를 불태우기 때문에 향일화向日花로 불리는 충성스런 꽃이다. 그래서 해바라기는 태양을 그처럼 닮아 버렸는지도 모른다.

칠판을 향해 눈망울을 반짝이는 어린이들이 한 포기 해바라기라는 생각이 들 때가 있다. 진리란 태양을 따라 열심히 고개를 쳐들고 있는 해바라기라는 생각이……. 태양을 닮아 버린 해바라기처럼 어린이들도 자꾸만 누군가를 닮으려는 성질이 있다.

새 학년이 되면 학생들에게 부탁하는 일 두 가지가 있다. 벌써 수십 년 동안 해 온 일이지만 앞으로도 변함없이 계속할 생각이다.

먼저 존경하는 위인 한 분을 마음속에 모시기를 권한다. 그리고 그분의 전기를 읽고 훌륭한 점을 가슴 깊이 새겨 두게 한다.

다음으로 '독서 온도계'를 만들게 한다. 이것은 책을 읽은 양을 누가 기록하기 위한 온도계처럼 생긴 모형이다. 먼저 일 년 동안 읽을 책의 권수를 목표로 해서 온도계의 최고 눈금을 정한다. 그리고 책을 한 권씩 읽을 때마다 눈금을 일 도씩 올리도록 한다. 나는 열심히 책을 읽는 어린이들의 독서 온도계 눈금이 오를 때마다 태양을 한없이 닮아 가는 한 포기 해바라기를 생각하며 풍요해지는 그들의 정신의 눈금을 읽는다.

학생들이 교사를 닮아 가고 있는 데 대한 두려움을 버릴 수 없다. 어린이들이 한 권의 책을, 위대한 인물을 태양으로 삼고 꾸준히 닮아 가기를 희망하는 것도 이 때문인지 모른다.

나는 한 포기에 두 송이 이상의 꽃을 피운 해바라기를 좋아하지 않는다. 꽃이 작기 때문만은 아니다. 인간의 양면성을 보는 듯 할 때가 있기 때문이다. 사회적으로 존경받던 분들의 또 다른 얼굴이 노출될 때의 실망 같은 것을. 세상을 편히 살려면 여러 개의 얼굴을 지닐 필요가 있을지 모른다. 그러나 그렇게 살고 싶은 생각은 없다. 내가 손해 보는 한이 있더라도 한 얼굴을 지니기 위해 노력할 생각이다.

나는 가끔 해바라기의 곁가지를 잘라 준다. 더 큰 꽃을 한 송이만 피우게 하기 위해서이다. 어린이들을 가르치는 데도 곁가지를 잘라 주는 정성이 필요하다. 이 또한 그들이 해바라기를 닮은 점이라 할 수 있다.

올해도 가을이 되면 잘 익은 해바라기 한 송이를 줄기째 꺾어서 눈에 잘 띄는 장소를 택해 내 작은 방에 걸어 두리라. 그 까만 꽃판에 박힌 작은 씨앗들이 하나하나 그리운 얼굴들이 되어 내 눈앞에 나타나기를 간절히 바라면서. 어느새 내 그리움도 그 꽃판의 씨앗 속으로 숨어들어 해바라기 씨앗은 내 방 안에서 그리움이 익어 가듯이 겨우내 더욱 까맣게 익어 가리라.

새봄이 찾아오면 나는 작은 그리움의 덩어리들을 양지바른 곳에 정성스레 심으며 노란 얼굴을 탐스럽게 꽃 피울 그 날을 손꼽아 기다리리라.

# 호감을 주는 작품

金漢省 씨의 수필 〈해바라기〉는 작가 특유의 유머 구사로 해서 읽고 난 느낌이 "유쾌하다"라는 표현을 하게 할 만큼 호감을 준다. 초회 추천작 〈산행〉 외1편('수필공원' 91. 겨울)도 그 유머 구사의 문장으로 해서 좋은 수필을 쓸 수 있겠다는 기대를 갖게 하여 주었으며. 이번 작품에서는 한층 더 원숙한 경지를 보여주고 있어서 수필 문단의 일원으로 소개하게 된 것을 기쁘게 생각한다.

(박연구, 수필공원 제38호)

# 주사위

내 옆에 작고 평범한 주사위 하나가 놓여 있다. 그러나 특별한 의미를 지니고 있다. 아버지의 체온이 묻어 있기 때문이다.

아버지는 주사위 한 쌍을 소중히 간직하셨다. 그러다가 한 개를 잃어버리고 몹시 안타까워하셨던 기억이 새롭다. 평소 책을 가까이하며, 정해진 시간에 어김없이 독서를 하셨던 아버지께서는 '글소리 속에 살자.' 라는 가훈을 걸어 두고 가족들에게 늘 책 읽기를 권했고, 몸소 실천하셨다.

학창 시절, 아버지께서는 책에서 읽은 '죽음의 주사위' 란 재미있는 이야기를 들려주셨다.

독일의 어느 마을에서 일어난 일이다. 아름다운 소녀가 살해되고, 그 혐의로 두 사람의 병사가 체포되었다. 두 사람은 모두가 범행을 강력히 부인했다. 갖은 고문을 해도 한결같이 결백을 주장하기 때문에 범인을 가려내지 못하자 화가 난 마을의 최고 책임자가 직접 재판에 나섰다. 별다른 성과가 없자 마지막 수단으로 주사위를 가지고 살인자를 가리기로 했다. 그는 두 개의 주사위를 앞에 놓고 이렇게 말했다.

"이 주사위를 한 차례씩 던져서, 그 나온 수를 합하여 많은 쪽은 무죄, 작은 쪽은 범인이므로 사형을 받게 된다. 단 합한 수가 같으면 다시 던진다."

첫째 병사가 떨리는 손으로 주사위를 던졌다. 주사위에서 나오는 수에 따라 생사가 좌우되는 숨 막히는 순간이었다. 주사위를 던진 후 사나이는 안도의 숨을 내쉬었다. 두 개 모두 6이 나왔기 때문이다. 둘을 합할 경우 나올 수 있는 최대의 수인 12가 되었기 때문이다.

다음 병사가 던질 차례이다. 그의 얼굴에는 체념의 빛이 역력했다. 주사위 둘이 모두 6이 나오지 않는 한 그는 꼼짝없이 살인자의 누명을 쓰고 형장의 이슬로 사라져야 하기 때문이다. 병사는 가까이 다가서고 있는 죽음의 발걸음 소리를 들으며, 범행과 무관한 자기를 죽음과 마주 서게 한 하느님을 원망하고 있었다. 그러나 믿음이 깊었던 병사는 기도하는 마음으로, 눈을 꼭 감은 채 두 개의 주사위를 힘껏 던졌다. 던져진 주사위는 이외의 결과를 보여주었다. 숨을 죽이고 지켜보던 주위 사람들도 깜짝 놀랐다. 기적이 일어난 것이다.

주사위 한 개는 6이 나오고, 또 한 개는 떨어지는 순간 두 쪽으로 갈라져서 한쪽은 6, 다른 한쪽은 1을 위로해서 멎어 있었다. 합해서 13이 된 것이다. 이 기적을 보고 있던 다른 병사가 두려움에 떨며, 모든 죄를 자백했다고 한다.

주사위를 자세히 보고 있으면 뜻깊은 의미를 깨닫게 된다. 주사위의 1이 위쪽을 향할 때 가려서 안 보이는 밑에는 6이 위치한다. 이처럼 2와 5, 3과 4가 짝을 짓는다. 위에 나온 수와 아래에 가려진 수를 합하면 7이 된다. 겉에 드러난 모습이 작지만, 보이지 않는 가려진 부분에는 큰 것이 숨어 있다.

아버지의 체온이 남아 있을 것 같은 주사위를 굴려 보면서 겉에 드러난 모습이 전부라고 생각하고 경솔히 판단해 버리는 일이 없도록 노력해야겠다.

갑자기 세상을 떠나시면서 유언 한 마디 남기시지 않은 아버지의 음성을 주사위를 통해 들을 수 있음은 참으로 뜻깊은 일이다. 한 번도 남의 흉을 보시는 모습을 보지 못한 아버지에 비해 나는 사람을 겉모습만으로 판단할 때가 많았던 것 같다. 더 많은 크기의 숨겨진 참 마음을 헤아리지 못하고 뒷날 그 판단의 잘못을 뉘우칠 때도 적지 않았다.

앞으로 주사위를 내 곁에 두고 위에 드러난 부분이 보잘것없을수록 바닥에 숨겨져 있는 부분이 크다는 사실을 마음에 새기고, 더 깊이 생각하며 인생의 발걸음을 디뎌 가야 할 것 같다.

## 인생 내부에 대한 성찰과 삶에 대한 의미부여

'주사위'는 명료성과 단조로움 뒤에 사유의 깊이와 무게에서 인생 교훈과 교감이 숨겨져 있다. 단박에 나는 맛이 아니라, 씹을수록 맛을 내는 음식 같은 글이다. '주사위'는 도박과 운명을 상징한다. 어떤 결정을 내리기가 매우 어려울 때에 주사위를 사용하는 경우가 있고, 운명을 '주사위'에 비유하기도 한다.

'주사위'는 바깥으로 표출되는 모습에 대한 관찰이 아닌, 인간 내부에 대한 성찰과 의미부여에 눈을 맞추고 있다. 독일의 시인 노발리스의 말처럼 '보이는 것에 닿아 있는 보이지 않는 것'을 찾아내는 비범한 눈이 있음을 말해준다.

(정목일, 영호남수필 제17집)

# 걸어 다니는 비석

　그의 일생을 묻고 있다. 유가족의 슬픔도 함께 묻는다. 문득 찾아올 나의 날을 생각해 본다. 영원히 살 것같이 뛰어오르던 인생의 계단에서 잠시 쉬면서 지난날을 되돌아본다. 이 계단에도 층계참은 있는 모양이다.

　하관 예배 설교 말씀이 마음에 스며든다.

　"우리는 아무도 죽음에 대해 알지 못합니다. 죽음을 경험한 사람은 모두 입을 다물고 있기 때문입니다. 가족 여러분, 여러분은 걸어 다니는 비석입니다. 고인의 영광을 오래도록 기억할 수 있도록 움직이는 비석의 역할을 잘 해주기 바랍니다."

　고인을 생각하니 문득 양쪽 발바닥에 가벼운 아픔이 느껴진다. 신혼 시절로 세월을 거슬러 올라 본다. 낯선 가문에 사위가 되어 갔으니 모든 것이 서먹할 수밖에 없었다. 그런 중에 큰 걱정거리는 동상례東床禮로 행해지는 신랑 다루기였다. 무리하게 신랑 다루기를 하여 다치기도 하고, 심한 경우 목숨을 잃기까지 한다는 특집 방송을 보았다. 결혼을 앞둔 나에게는 남의 일일 수 없었다. 방송뿐 아니라 먼저 결혼한 친구들의 체험담을 떠올리는 것만으로도 걱정은 샘물처럼 솟아올랐다.

해가 지고 운명의 순간이 찾아왔다. 준비물만 슬쩍 봐도 이건 장난이 아니었다. 마른 북어, 방망이, 포승줄, 살바, 장작개비, 대나무 몽둥이, 빗자루 등 사극에서 죄인을 고문하기 위한 도구처럼 보였다. 문제는 지금까지 이 집안에 딸을 훔쳐가는 남자들을 그냥 보낸 적이 없다는 가장 연장자인 듯한 말라깽이 대표였다. 자신을 이 집안 먼 친척뻘로, 나에게는 손위 처남이 된다고 소개했다. 날카로운 인상이 나를 저절로 주눅 들게 하였다.

딸을 훔쳤다는 죄목으로 손발을 묶은 후 북어로 발바닥을 내리쳤다. "네 죄를 알렸다." '죄는 무슨 죄, 노총각이 노처녀 구해준 것밖에 없는데……' 억울하기 짝이 없었으나 상황이 상황인지라 따질 수도 없었다. 네 죄를 어찌하겠느냐고 다그쳤다. 하는 수 없이 도구들을 돈으로 사면 안 되겠느냐고 흥정을 했다. 값만 적당하면 팔겠다면서 종이와 연필을 내밀었다.

대표인 처남이 북어를 들었다. 나는 북어 100500원이라고 썼다. 고개를 갸웃하면서 적은 금액이 아니므로 쉽게 통과되었다. 그리고 방망이 50001000원, 포승줄 100001000원, 샅바 1000010000원, 장작개비 500010000원, 대나무 100005000원, 빗자루 100010001000원 이렇게 값을 후하게 적어 나갔다. 파는 쪽에서는 신이 났고 장모님은 걱정하는 눈빛이 역력했다. 흥정은 일사천리로 진행되었다. 신랑 다루기에 쓰일 도구가 될 만한 것은 모두 산 셈이다. 셈을 치를 차례다. 몇 가지 약속이 오고 갔다. 그리고 꼭 지키기로 다짐까지 했다. 서로 증인도 세웠다.

계산이 시작되었다. 먼저 북어 값 100500원은 단돈 600원으로 해결했다. 100원짜리 동전을 앞에 놓고 500원 짜리 동전을 뒤에 놓으니 100500원이 되었다. 사기다, 엉터리다 하면서 야단이었지만 손위 처남은 말없이 넘어갔다. 방망이는 6,000원, 포승줄은 11,000원에 샀다.

이렇게 십여만 원으로 신랑 다루기에 쓰일 물건을 모두 사 버렸다. 주위의 몇 사람들이 엉터리라면서 야단이었지만 약속은 지키기 위해 있는 것이라면서 오히려 그들을 나무랐다. 우리는 차린 상을 마주하고 언제 그랬느냐는 듯이 다정한 얼굴로 밤이 깊어 가는 줄도 모르고 정담을 나누었다. 그 후 만날 때마다 재미있게 그날 있었던 이야기를 하며 반겨 주었다.

처남을 생각하니 갖가지 추억들이 물밀 듯 밀려와서 내 가슴을 적시고 있다. 그리고 아쉬움 한 조각이 구름처럼 내 마음에 일어난다. 그때 꾀를 부리지 말고 신랑 다루기를 마음껏 즐겼더라면 더 좋았을 텐데. 다시는 만날 수 없는 아득한 길로 떠나가는 처남의 모습이 너무나 아쉽다. 다시는 몸을 부대끼며 정을 나눌 수 없는 안타까운 순간이 이렇게 빨리 올 줄 누가 알았으랴.

어린 시절 집 가까이에 있는 면사무소는 우리들의 놀이터였다. 옛날 고을 원員이 살았다는 그곳에는 넓은 마당이 있었고, 뒤쪽에는 비석이 늘어서 있었다. 비석에는 고을 원이 선정을 베풀었다는 내용이 가득 적혀 있었다. 우리는 심심해서 돌을 던져 비석 맞히기 놀이를 하다가 쫓겨날 때가 잦았다. 비석의 내용이 대부분 엉터리라는 것을 어른들의 이야기를 통해 들었기 때문이다.

참으로 선정을 베푼 원은 비석을 세우지 못하도록 했다고 한다. 백성들은 폭정을 일삼는 원의 포악함을 누그러뜨리려 비석을 세웠다. 어떤 원은 자기 비석을 더 멋있게 만들기 위해 직접 진두지휘까지 했는데 그가 떠나고 나면 지나가는 사람들이 비석을 향해 수없이 돌팔매질을 했다. 심할 경우에는 한밤중에 오물 세례를 퍼붓는 일까지 벌어졌다.

돌은 단단하다. 사람들은 세월의 강물에 지워지지 않게 하려고 비석 세우기를 좋아한다. 비석을 볼 때마다 어린 시절, 면사무소 마당에 서 있던 곰보 비석이 떠오른다. 그리고 얼마나 많은 진실이 담겨 있으며, 얼마나 많은 거짓이 새겨져 있을까 하고 저울질해 본다.

문득 서산대사의 말이 귓전을 때린다.

'이름 석 자 남기려고 딱딱한 비석을 파지 마라. 네거리에 오가는 사람들 입이 그대로 비석이다. 평생 남을 향해 눈살 찌푸릴 일 하지 않으면, 세상에 나를 향해 이를 가는 사람 없다.'

우리는 만나는 사람들에게 비석을 새기고 있다. 그 비석이 걸어 다니면서 나를 말하고 있다.

## 소재의 문예화와 주제

김한성의 〈걸어 다니는 비석〉은 사람의 평가에 대해 생각해 본 글이다. 산 사람이든 죽은 사람이든 그 사람에 대한 평가는 따라붙게 마련이다. 그런데 그 평가라는 것이 남이 쓴 훌륭한 문장으로 매겨지는 것이 아니라, 자신의 삶이 곧 그 평가가 된다는 것이다. 아무리 좋은 돌에 그 사람에 대한 찬사를 명필로 써 놓는다 해도 그것이 진실이 아니면 일개 잡석에 지나지 않을 것이다. 달팽이가 제집을 지고 다니듯이, 사람들은 저마다 자기의 비석을 지고 걸어 다니는 것과 같다는 발상이 신선하다. 그리고 주제를 경직되게 풀어내지 않아 문예성을 얻었다.

(이정림, 에세이21 제14호)

# 무궁화 꽃이 피었습니다

다른 것은 다른 것이고 틀린 것은 틀린 것이다. 다르다와 틀리다는 다르다. 다르다를 틀리다로 생각하는 것은 정말 틀린 일이다.

우리는 세상을 공평하게 만들려고 무척 힘쓰고 있다. 인류 역사는 평등을 위해 노력해 온 역사라고 해도 결코 틀린 말은 아니다. 인간은 다른 것을 인정하지 않고 다른 것을 틀리게 생각하는 나쁜 버릇이 있다. 그래서 다르다와 틀리다를 구별 하지 못하고 잘 못 사용할 때가 많다. 잘 못 쓴 것도 모르고 바르다고 우기기까지 한다.

남녀평등을 주장하고, 흑인 해방을 위해 목숨을 바치고, 복지 사회를 만들기 위해 애쓰는 것은 다른 것을 틀리게 생각하는 착각 때문에 생기는 잘못을 바로잡으려는 노력이다. 그러한 노력에도 불구하고 세상은 아직도 참 불공평하다. 좀 더 평등하게 살려고 무진장 애를 써서 참 많은 불평등을 없앴지만, 불평등은 아직도 곳곳에 남아서 혀를 내밀고서 약을 올리고 있다.

이제는 사라져 버렸지만 참 많은 차별이 있었다. 가정에 들어오는 전기도 비상선이란 전기가 따로 있었다. 보통 전기는 어둑어둑한 저녁이 되어야 들어 와서 자정이 되면 저절로 꺼지지만, 비상선은 일 년 열두 달 밤낮 켜져 있었다. 한울타리 안이라도 주인집은 비상선이었고 세 들어 사는 집은 칠흑같은 어둠과 함께 살았다. 전화도 수도도 투표권도 모두 차별 투성이었다.

버스표도 세 가지로 구분되었다는 얘기를 들었다. 기관의 성능이 좋지 않은 초기에는 가격에 따라 세 가지로 차별이 있었다. 잘 달리던 버스가 오르막을 만나면 일등 표를 가진 손님은 그대로 앉아 있고, 이등 표는 내려서 걷고, 대 다수의 삼등 표를 가진 사람은 차를 밀어야 했다는 것이다.

얼마 전까지 기차는 속도와 시설에 따라 새마을, 무궁화, 통일, 비둘기로 구분되어 있었다. 친구들과 모임에 가려고 무궁화 표를 단체로 끊어서 서울로 향해 신이 나게 달렸다. 오랜만에 타는 기차 여행이니 무리해서라도 새마을로 가자는 의견도 있었지만 형편에 맞게 무궁화를 타기로 했다. 그러나 기차는 갑자기 정차했다. 비둘기도 서지 않는 간이역에 말이다. 정차라고 하지만 선 것이 아니고 세워지고 말았다. 잠시 후 우리가 타고 온 기차에서 기관차가 분리되었다. 아니 빼앗겼다. 옆에는 날렵한 새마을호가 위용을 자랑하고 있었다. 기관차를 빼앗긴 채 무궁화만 그곳에 남겨지고 새마을호는 위풍도 당당하게 사라지고 말았다.

이런 법이 어디 있느냐고 따졌지만, 법은 분명히 살아 있었다. 승무원은 법규를 들이대면서 새마을호가 고장이 나면 지나가는 차의 기관차를 옮겨 달고 운행하게 되어 있다는 조문을 보여주었다. 정말 웃기는 조문이었다. 우리는 대책 없이 기다리고 기다렸다. 기분 때문인지 기다림은 더욱 지루하게 느껴졌다. 새마을호 차표를 끊지 못한 후회도 죽순처럼 고개를 내밀었다. 몇 시간이 지나서야 연락을 받고 느지막이 도착한 기관차를 달고 힘없이 서울로 향했다. 우리 차에 타고 있던 사람들의 약속은 엉망이 되었고 서울역에 도착하자 마중 나온 친구들이 퍼붓는 원망을 실컷 뒤집어써야 했다.

세간에는 나이가 들면 평등이 실현된다고 체험적 평등 원리를 말하는 사람들도 더러 있다.

40대가 되면 지식의 평등이 이루어진다. 대학을 나오고 많이 배워도 세상이 바뀌니 옛날에 배운 것 다 소용없고, 기억력도 약해지니 배우나 안 배우나 똑같아진다고 한다.

50대에는 외모의 평등이 이루어진다. 둥글넓적해져서 잘난 것도 못난 것도 거기서 거기 모두 같아진단다.

60대에는 남녀의 평등이 이루어진다. 남녀의 특성이 사라지고, 주책이 없어져서 하는 짓이 남자인지 여자인지 구별할 수 없다고 한다.

70대는 건강의 평등이 이루어진다. 건강한 사람 찾기 힘들고, 속병이 많아서 일종의 종합병원이니 아픈 사람 안 아픈 사람 다 거기가 거기란다.

80대는 재물의 평등이 이루어진다. 돈이 많으면 무엇 하나 쓸데가 없는데.

90대는 생사의 평등이 이루어진다. 살아 있은들 산 것이 아니니. 산들 죽은들 거기가 거기라고 한다.

죽음이 찾아오면 평등이 찾아올 것 같다. 누구나 죽어야 하며 아무것도 가져갈 수 없기 때문이다. 가만히 따져보면 죽은 후에도 명당이 있고 묘지의 평수가 있으니 완전한 평등이 실현되지는 않는 것 같다.

무덤이 없는 화장이 늘어나니 화장만은 완전한 평등을 이루어 줄 것 같다. 그러나 그러나 화장장에서도 산 자들에 의해 더 잘 태워준다고 하고, 더 보드랍게 갈아 준다면서 웃돈을 받는다고 하니 불평등은 물귀신처럼 찰싹 달라붙어 떨어질 줄 모르는 모양이다.

"무궁화 꽃이 피었습니다."

어린이들이 재미있게 숨바꼭질을 하고 있다. 평등아, 너는 어디에 꼭꼭 숨어 있느냐.

---

### 생각하는 수필

여름호에서 특히 돋보이는 작품은 김한성의 '무궁화 꽃이 피었습니다' 이다. 수필의 유형으로 보면 신변담에 속하는 미셀러니가 아니고 소론小論 평론이라는 뜻으로도 쓰이는 에세이에 속하는 수필이다. 에세이는 그만큼 논리적 사고의 비중이 더 큰 수필이며 김한성의 작품은 그 특성이 빼어나다.

다른 것은 다른 것이고 틀린 것은 틀린 것이다. 다르다와 틀리다는 다르다. 다르다를 틀리다로 생각하는 것은 정말 틀린 일이다.

이렇게 시작되는 이 작품은 자기 생각 자기 관습 자기 출신 자기 피부색 등에서 자기와 다른 모든 것을 다르다는 이유만으로 배척하며 이를 옳다고 하는 무지의 횡포 때문에 이 사회가 얼마나 많이 불평등을 초래하고 있는지를 말한 것이다. 그런 사례들은 모두 비평적 논리적 사고의 형태로 전개되고 있기 때문에 지적 사고의 흥미와 긴장감을 준다.

(김우종, 에세이21 제21호)

# 풍경화

거리는 커다란 풍경화다.

해는 어느덧 서산으로 넘어가고 땅거미가 짙어가고 있다. 길 건너 쪽에 어두운 색깔로 풍경화가 그려지고 있다. 검은 고무로 없는 다리와 몸을 칭칭 감은 여인이 배를 땅에 붙이고 작은 수레를 밀며 천천히 기어가고 있다. 수레에는 바구니가 놓여 있고, 녹음기가 묶여 있다.

불편한 몸을 이끌고 사람들이 많이 다니는 곳에서 녹음기를 틀어 놓거나 직접 구성진 노래를 부르며 성금을 모으다가 집으로 돌아가는 모양이다.

갑자기 불어오는 바람에 바구니 속의 지폐가 날아가고 만다. 여인은 어쩔 줄 모르고 소리조차 지르지 못한다. 그토록 애쓴 하루 벌이가 바람 속으로 사라지는 순간이다. 버스가

도착하자 사람들은 그 모습을 보았는지 못 보았는지 버스 안으로 빨려들듯이 사라진다.

그런데 어느 순간부터 풍경화가 바뀌기 시작한다. 도로 한 가운데로 뛰어들어가서 급하게 지폐를 줍는 사람이 있다. 지나가는 차에 수신호를 보내며 이리저리 뛰어다닌다. 인도 위에 있는 몇 장까지 주워서 바구니에 담고, 돌멩이로 눌러준다

순식간에 일어난 일이지만 풍경화는 전혀 다른 밑그림이 그려졌다. 풍경화 속의 주인공이 버스 쪽으로 걸어가다가 다시 발길을 돌린다. 주머니에서 지폐 몇 장을 꺼내어 바구니에 놓고 버스 쪽으로 향한다. 여인은 감사의 마음을 묵례로 답하고 있다.

신호는 아직도 바뀌지 않았다. 풍경화 속의 주인공이 비어 있던 운전석에 앉자 버스는 아무런 일도 없었다는 듯이 서서히 움직이기 시작했다. 작은 수레와 여인도 골목길로 접어들어 뒷모습이 점점 작아지고 있다.

# 나르시시즘 경계하기

  화자는 길 저쪽에서 벌어지는 일을 보고 있다. 어떤 장애인의 구걸한 지폐가 바람에 날아간다. 지나가던 버스 기사가 그 돈을 주워 모아 바구니에 담아주고 자신의 돈까지 보탠다. 작가는 이쪽에서 저쪽을 본다. 이쪽과 저쪽 사이의 공간적 거리는 작가가 대상을 바라보는 심리적인 거리이기도 하다. 거리를 설정한다는 것은 관찰자로서 객관적인 거리를 유지하고 있다는 말과 같다. 이 거리가 수필의 나르시시즘을 제어하는 힘이다. 위 작품은 이러한 통제의 힘이 완벽하게 작용하는 예다. 이 작품에서 작가는 어떤 일을 경험한 것이 아니라 목격했을 뿐이다. 제목까지 '풍경화'라고 한 것도 다분히 의도적이다.

  화자가 객관적 거리를 유지하는 것은 소설의 수법이다. 수필의 취약점을 소설의 비법을 통해 극복한 셈이다. 수필이 문학으로서 심미성을 확보하려면 무엇을 말하기보다는 어떻게 말할 것인가를 두고 고민해야 한다. 김한성은 이 점을 누구보다도 절실하게 인식하는 수필가다.

(신재기, 에세이문학 2010 여름호)

# 털 하나 때문에

ㅅ은 우리 모임의 중심인물이었다. 회장이나 총무를 맡은 것은 아니지만 모임에서 언제나 조미료 구실을 했다. 나지막한 키에 그렇게 잘생긴 얼굴도 아니었고, 말솜씨가 뛰어나지도 않았지만, 그가 있으면 언제나 즐겁고 웃음이 그치질 않았다.

어느 날, 우리는 ㅅ과 함께 해수욕장에 피서를 갔다. 갖가지 행동과 말로 우리를 웃기던 그가 문득 자신의 밋밋한 다리를 내려다보며, "나는 털 많은 친구가 제일 부럽다."라고 말했다.

우리는 모두 자신과 친구의 다리를 번갈아 보았다. 우리 가운데 털보라는 별명을 가진 ㄴ이, "털 많은 것이 뭐가 부러우냐?" 하고 물었다.

ㅅ은 대답 대신 ㄴ을 보며, "그럼 값을 후하게 쳐줄 테니 너의 그 많은 털 중에서 딱 하나만 팔 수 있겠니?" 하고 물었다.

ㄴ은, "그까짓 털 하나쯤 그냥 줄 수도 있는데……" 하고 쾌히 승낙했다.

ㅅ은 볼펜을 꺼내 백화점에서 물건을 고르듯 정성껏 살핀 후 털 주위에 동그라미를 그려 표하고 5,000원을 주었다. 계약을 어기면 10배로 물겠다는 약속도 했다. 그러나 곧 문제가 생겼다. ㄴ이 일어서서 바닷물에 들어가려고 하자 ㅅ이 큰일 났다는 듯이 그를 붙잡아 앉히며, "왜 털 주인의 허락도 없이 함부로 털을 움직이며, 물에 적시려고 하느냐?" 하고 항의했다.

ㄴ은 기가 막힌다는 듯이, "그럼, 이 털 때문에 해수욕도 할 수 없단 말이냐?" 하고 따졌다. 한참 생각하던 ㄴ이, "그럼, 네가 산 이 털을 뽑아서 줄게." 그러나 ㅅ이 허락할 리 없다. "나는 뽑혀 있는 털을 산 것이 아니고 심어진 채로 인 싱싱한 털이므로 비싸게 샀으니, 털 주인의 허락 없이 뽑는 것은 계약 위반이다." 라고 했다.

ㄴ은 제자리를 지킬 수밖에 없었다. 우리는 즐겁게 해수욕을 하고 있는데 ㄴ은 뙤약볕에서, 팔린 한 개의 털 때문에 시원한 바다를 부러운 듯 바라보며 지루한 시간을 보내고 있었다. 딱한 생각이 든 친구들이 ㄴ을 털에서 해방해 줄 것을 권

해도 ㅅ은 펄쩍 뛰며 안 된다고 했다.

형편이 누구보다 좋으면서도 구두쇠처럼 밥 한 그릇 사지 않는 ㄴ에게 밥을 사게 할 좋은 기회라는 것이다. 그때부터 우리는 ㅅ을 설득하기보다 그와 한 무리가 되어 더욱 즐겁게 해수욕을 하며, 해수욕 후의 상쾌한 기분을 자랑했다. ㄴ은 화를 내다가 할 수 없이 10배로 물기로 하고 털에서 해방되었다.

ㄴ은, "털 하나 때문에……." 라는 씁쓸한 말을 하면서 함께 어울려 해수욕을 즐겼다. ㄴ은 약속대로 그 날 멋있게 한턱을 내었고, 우리는 약속이나 한 듯이 ㄴ에게 보다 ㅅ에게 고맙다는 인사를 수없이 했다. ㄴ은, "털 주인의 위력이 이처럼 클 줄은 몰랐다." 며 웃었다.

우리들의 머리에는 약 10만 개의 털이 있다고 한다. 나에게도 머리카락이 너무 많아 걱정했던 행복한 시절이 있었다. 그러나 머리를 감을 때마다 빠지기 시작하던 머리카락은 머릿밑이 훤하게 보이도록 빠져 버렸다.

얼마 전부터 이러다가 나도 대머리가 되어 버리는 것이 아닐까 하는 두려움 때문에 약을 사 바르려고 하다가 문득 ㅅ의 말이 떠올라 머뭇거리게 된다. 대머리 사장님이 머리털이 나는 약을 열심히 발랐더니 머리에는 털이 나지 않고 약을 찍어 바른 손가락에 털이 소복이 났더라고.

오늘도 머리를 감은 대야에 숱하게 빠져 있는 머리카락을 바라보며 몇 개의 털 때문에 걱정에 잠겨 있는 나를 ㅅ이 본다면 무슨 말을 할까? 얼마 전 우리 곁을 훌쩍 떠나 버린 ㅅ이 몹시 그리워진다. 그리고 "털 하나 때문에……."라고 투덜거리던 ㄴ의 모습을 떠올리며, 나도 그동안 작은 것에 정신이 팔려 큰 것을 잊어버린 적이 적지 않았음을 깨닫게 된다.

## 수필다운 수필

김한성은 내 벗이다. 30년 전, 1982년 '영남수필문학회'에서 처음 만났다. 꼬박꼬박 월례회에 참석했으니 1년에 열두 번씩 만난 셈이다. 살아오면서 만남의 부침은 있었지만, 지금은 1주일에 한 번씩 만난다. 1주일에 하루는 즐겁고 엿새 동안은 그리워하며 지낸다.

이 작품은 〈수필공원〉에 발표되었는데, 〈영남수필〉 1987년 제19집에도 실렸다. 그리고 故 박연구에 의해 〈수필공원〉에 "좋은 수필"로 다시 실리는 영광도 안았다. 그의 수필집 〈해바라기〉에도 실렸다.

이 수필은 허구다. 수필이라고 하여 꼭 "나"가 화자가 되라는 법이 있겠는가? 나를 주인공으로 하여 나를 소재로 하고 나의 삶을 정직하게 써야 한다는 정직 문학론은 편협하다. 그들은 수필문학에서 상상은 인정하면서도 허구는 털 하나 만큼도 인정하지 않는다. 수필계의 현실이 그렇다. 그러나 아직도 약간의 수필인들은 허구론을 지지한다. 정진권, 이유식, 공덕룡, 정주환, 윤재천 등이 대표적이다.

언젠가 내가 물었다. "털 하나 때문에는 허구가 아닌가?" 그가 말했다. "실제로 일어난 사실이다." 실제로 이런 일이 일어날 수도 있겠지만, 독자는 의심한다. 이런 일이 실제로 일어날 수 있을까 의심하면 허구다. 이 사건 속의 사람들은 문학 속의 사람들이고, 모두 정상적이지 않다. 그렇기 때문에 즐겁다.

'관포지교' 라는 말이 있다. '관중과 포숙아의 사귐' 이라 하여 교과서에 단골로 실리는 중국의 고사이다. 사소한 약속도 지켜야 한다는 교훈에다가 보은까지를 감동적으로 이야기했다.

"털 하나 때문에" 도 역시 감동적이다. 약속의 현장을 문학적으로 익살스럽게 형상화한 좋은 허구수필이다. 문학의 현장은 이렇게 사실의 현장보다 더 진실하고 구체적이며 더 암시적이다. 약속은 어디까지나 약속이므로 작은 약속일지라도 끝까지 지켜야 한다는 당위적 교훈적 도덕적 지시적 철학적 의미를 숨기면서 능청스럽게 재미있게 이야기를 늘어놓은 이 수필이야말로 수필다운 수필이라 생각했다.

(김태원, 카페 예향 한국)

- 박청자

목현 선생님의 추천사, 처음 접합니다. 얼마나 정감 있는 글인지요. 선생님과 김한성 샘과의 관계를 이보다 더 자세히 알 수 있는 기회는 없을 것입니다. 재미있는 수필, 모름지기 사람이 재미있고 봐야… 김한성 님의 유머야 말로 국보급이니 글인들… 명랑한 하루가 펼쳐질 것 같은 예감입니다.

- 갈잎

문학을 따로 공부한 적도 없고 문학작품을 쓰겠다는 생각도 못 하고 있지만 읽는 것은 좋아합니다. 허구의 글이라도 작가의 진정성이 느껴지는 글이 있고 사실을 그대로 썼다 해도 작가가 미덥지 못할 때가 있더군요. 재미있는 글 잘 읽었습니다.

- 문강(방종현)

두어 달 전 김한성 선생님과 같이 전라도로 여행한 적이 있습니다만. 목현 선생님의 추천글을 통해 오늘 또 즐겁게 해후합니다.

- 산지

목현 선생님 선생님을 대전. 구활 선생님 수상식장에 정연 양과 축하하러 들렀다가 뵈었지요? 차가 없다시며 저의 애마를 타고 대구로 달렸지요? 한 번도 쉬지 않고 달린 원인은 김한성 선생님과 목현 선생님 대화를 끊을 수 없어서였지요. 정원을 초과해 6명이 타고 달리던 경부고속도로 - - - 아. 지금도 흐뭇합니다요. 화장실에 들렀다가자고 해도 막무가내로 ㅎㅎ 그 애마는 용광로 속으로 갔으나 그때 훈짐은 수년이 지난 지금도 머리와 가슴속에서 펄펄 끓고.. 남의 발(제발) 이 불을 꺼 주세요. 파파머리 민자언냐도 사라지고 세월도 무심하게 흘러갔는디 와, 그날 손수 챙겨주시던 목현 선생님 선물은 아직도…

- 데이지

  김한성 선생님을 저도 엄청 좋아합니다. 한 번 만나면 일주일 내내 즐겁거든요. 오랜만에 선생님의 글을 읽으니 역시 김한성 선생님이시다라는 생각이 듭니다. 찾아서 올려주신 김태원 선생님께 감사합니다.

- 小珍 (박기옥)

  아, 매력적인 작품입니다. 저는 거푸 세 번을 읽었습니다. 행간 곳곳에 숨어있는 근질근질한 유머를 킥킥거리며 즐겼습니다. 얼른 훔쳐다 수필교실 〈에세이 아카데미〉에도 탑재했습니다. 좋은 작품 읽게 해 주셔서 감사합니다.

# 거울

불치병과 싸우던 소녀의 죽음은 우리를 깊은 슬픔에 빠지게 했다. 마지막 순간에도 소녀는 손거울을 들고 있었다. 그 모습은 보는 이들의 마음을 더욱 아프게 만들었다. 소녀는 손거울과 함께 묻혔다. 그러나 애달픈 손거울의 이야기는 오랫동안 잊히지 않았다. 아름다운 마음씨를 땅속에 묻지 않고, 가슴에 묻어 두었기 때문이다.

89세를 일기로 눈을 감은 여 전도사님의 죽음 앞에 손거울은 없었다. 결혼도 포기하고, 복음을 전하며 사랑을 실천하기에 일생을 바쳤던 머리맡에는 낡은 성경 한 권이 놓여 있었다. 죽음이 문을 두드리는 순간에도 성경에서 눈을 떼지 않았다. 수없이 읽으면서 속사람을 비추었을 성경은 영혼을 다듬어 준 거울이었다. 전도사님도 성경과 함께 묻혔다. 그렇지만 그 맑은 생애는 오랫동안 잊히지 않았다. 땅속이 아닌 성도들의 마음속에 묻혀 오래오래 존경을 받았다.

어머니는 소중히 간직하던 거울이 있었다. 만주 땅에, 전쟁터에, 직업 전선에서 동분서주하셨던 아버지와 오랫동안 떨어져 생활하면서 어머니는 거울을 닦으면서 그리움도 함께 닦으셨다. 말년에 어머니는 아버지와 함께 지내면서 거울을 닦는 횟수가 줄어드셨다. 아버지가 세상을 떠나신 후 어머니께서는 먼지 낀 그 거울을 꺼내서 다시 한 번 닦아 보셨다. 얼마 후 거울이 놓였던 그 자리에는 성경이 놓였다. 시간이 날때마다 어머니는 자주 성경을 읽으셨다. 열심히 거울을 닦던그때보다 더욱더 자주 또 다른 거울에 영혼을 닦고 계셨다.

# 시적 발상의 산문적 형상화

이 작품은 거울을 소재로 한 시적 발상의 산문적 형상화 작품이라고 할 수 있다. 즉 창작문예수필의 기본 창작 발상을 잘 보여주고 있는 작품이다. 이 작품을 운문의 시 형식으로 작품화하였다면 세 개의 거울은 각각 한 연 한 연의 시 작품이 되었을 것이다. 마치 '내 마음은 호수요 / 내 마음은 촛불이요 / 내 마음은 나그네요' 하는 식의 작품이 되었을 것이다. 창작문예수필은 시적 발상의 산문적 형상화의 작품임을 직접 작품으로 그 실제 예를 보여주고 있는 작품이다.

(이관희, 창작문예수필 제3호)

〈서평〉

# 방법 탐구로서 수필 쓰기
### - 김한성 수필집 〈해바라기〉를 읽고

신 재 기
(문학평론가, 경일대학교 교수)

## 나르시시즘 경계하기

수필가 김한성은 현재 초등학교 교장 선생님이다. 교직 생활 40년을 훨씬 넘기고 곧 정년퇴임을 눈앞에 두고 있다. 수필가로 입문한 지도 오래되었다. 주위에서 그의 인품과 작품에 관해 칭송을 아끼지 않는다. '영남수필문학회' 회장을 역임하는 등 문단활동 경력도 가볍지 않다. 그런데 〈해바라기〉는 그의 첫 수필집이다. 과작이라 할 수 있다. 이는 수필에 대한 그의 열정이 부족한 탓인가? 아니면 작품의 완벽성을 향한 결벽증 같은 것인가? 굳이 말한다면, 후자 쪽일 것이다.

수필에 대한 그의 관심과 사랑은 남다르다. 한국 현대 수필의 전개 과정도 꿰뚫고 있다. 수필집이나 수필이론서에 관한 정보도 밝고, 많은 부분을 소장하고 있다. 발표되는 작품이나 발간되는 수필집 중 상당수를 읽는다. 그의 수필 창작 강의는 명품이다. 수강자들이 흥미 있게 수필에 다가갈 수 있도록 강의한다. 수필에 대한 내공이 깊지 않고는 하기 어려운 일이다. 김한성은 수필을 제대로 공부한 수필가 중의 한 사람이다. 이같이 수필에 대한 이해와 사랑이 깊어서 많은 작품을 창작하지 못했는지도 모른다. 이런저런 지면에 함부로 투고하지 않고 청탁받은 경우만 골라 작품을 발표하는 것 같다. 작품의 완성도를 높이는 데 공을 많이 쏟는다. 작품 양보다는 질적 수준에 가치를 둔다. 누구나 그렇게 해야 한다고 생각하지만, 실천하기는 쉬운 일이 아니다.

'작품의 완성도가 높다'는 평가는 아주 주관적이다. 주관적이지만 어느 정도 일반적으로 통용되는 기준이 없는 것은 아닐 것이다. 가령, 주제의 뚜렷한 형상화, 입체적이고 긴밀한 구성, 군더더기 없는 깔끔한 문장, 작품에 스며든 문학성과 철학성 등은 수필 작품의 완성도를 평가하는 일반적 기준으로서 충분한 근거가 있다고 본다.

김한성 수필집 〈해바라기〉에 수록된 작품이 어떤 점에서 완성도를 확보했는지 살펴보자. 먼저 수필의 나르시시즘 구조를 적절하게 조정했다는 점을 들 수 있다. 수필은 수필가 자신을 드러내는 방식이다. 수필가와 동일시되는 '나'라는 화자가 없으면 수필은 성립되지 않는다. 의도적으로 수필가가 '나'를 숨겨보기도 하지만, 독자는 독서 과정에서 금방 그 모습을 찾아낸다. '나'라는 내부 지점으로 쏠리는 구심력은 수필의 본질적인 것이다. 이 구심력은 나르시시즘 성격을 띤다. 만약 이를 제어하고 견제하는 대응력이 약하면 수필은 무너진다. 자기고백이나 신변잡기의 유치함에서 벗어나기 어렵다는 말이다. 그 대응력이란 어떤 것인가? '나'의 노출 정도를 탄력성 있게 제어하는 능력이라 할 수 있다. 이를 수필 문법으로 말하면 '자아의 세계화'다. 내 이야기를 내 이야기로만 끝내지 않고 세계의 보편으로 끌고 밖으로 나가는 전략이다. 이런 점에서 수필은 나르시시즘을 숙명처럼 지니고 있으면서, 그것으로부터 탈피하려는 노력에서 완성된다. 수필가 자신을 중심에 두는 글쓰기가 수필이지만, 그 중심을 교란시키고 드러내지 않도록 다양한 방법을 시도하는 데에서 수필의 미학적인 성취가 이루어진다.

김한성의 수필에서 '자아' 제어 능력은 탁월하다. 작가의 자질구레한 개인 정서를 통제함으로써 작품의 완결미를 얻는다. 이는 창작방법상 작가의 의도적인 전략이 전제되지 않고는 도달하기 어려운 부분이다. 그 대표적인 방법의 하나가 '객관적 관찰자 시점'이다. 소설과는 달리 수필은 태생적으로 객관적 관찰자 시점을 유지할 수 없다. 겉으로 그런 척할 뿐이다. '그런 척하는 것'이 수필의 중요한 방법이다. 달리 말하면, '능청스럽게 말하기'다. 수필가 김한성은 이 같은 방법을 능숙하게 사용한다. 여기서 그의 미학적 지향점이 잘 드러난다.

그런데 어느 순간부터 풍경화가 바뀌기 시작한다. 도로 한가운데로 뛰어들어가면서 급하게 지폐를 줍는 사람이 있다. 지나가는 차에 수신호를 보내며 이리저리 뛰어다닌다. 인도 위에 있는 몇 장까지 주워서 바구니에 담고, 돌멩이로 눌러 준다.

순식간에 일어난 일이지만 풍경화는 전혀 다른 밑그림이 그려졌다. 풍경화 속의 주인공이 버스 쪽으로 걸어가다가 다시 발길을 돌린다. 주머니에 지폐 몇 장을 꺼내어 바구니에 놓고 버스 쪽으로 향한다. 여인은 감사의 마음을 묵례로 답하고 있다.

— 〈풍경화〉에서

수필집 마지막에 수록된 "거리는 커다란 풍경화다."로 시작하는 작품이다. 화자는 길 저쪽에서 벌어지는 일을 보고 있다. 어떤 장애인의 구걸한 지폐가 바람에 날아간다. 지나가던 버스 기사가 그 돈을 주워 모아 바구니에 담아주고 자신의 돈까지 보탠다. 작가는 이쪽에서 저쪽을 본다. 이쪽과 저쪽 사이의 공간적 거리는 작가가 대상을 바라보는 심리적인 거리이기도 하다. 거리를 설정한다는 것은 관찰자로서 객관적인 거리를 유지하고 있다는 말과 같다. 이 거리가 수필의 나르시시즘을 제어하는 힘이다. 위 작품은 이러한 통제의 힘이 완벽하게 작용하는 예다. 이 작품에서 작가는 어떤 일을 경험한 것이 아니라 목격했을 뿐이다. 제목까지 '풍경화'라고 한 것도 다분히 의도적이다.

화자가 객관적 거리를 유지하는 것은 소설의 수법이다. 수필의 취약점을 소설의 비법을 통해 극복한 셈이다. 수필이 문학으로서 심미성을 확보하려면 무엇을 말하기보다는 어떻게 말할 것인가를 두고 고민해야 한다. 김한성은 이 점을 누구보다도 절실하게 인식하는 수필가다.


## 일화逸話의 미학적 효력

모든 문학 작품은 시인이나 작가의 체험을 바탕으로 탄생한다. 특히 수필은 문학적 형상화 과정에서 작가의 실제 체험이 다른 장르에 비해 훨씬 더 직접적으로 수용된다. 이런 이유에서 수필의 표현 방식을 '비전환적'이라고 한다. 수필가는 자신의 현실적인 체험과 실제로 일어났던 일을 재료로 삼아 작품을 만들어낸다. 더욱이 자기고백의 성향을 뚜렷하게 보여주는 것이 수필인 만큼 작품 속에는 작가의 체험이 직접적으로 담길 수밖에 없다.

김한성의 수필집 〈해바라기〉에도 작가 체험이 고스란히 녹아 있다. 작가는 초등학교 선생님으로 40여 년을 살아왔다. 그래서 교육자로서의 체험과 관점이 그의 수필 세계의 큰 부분을 차지한다. 작품집 독후감을 한마디로 요약하면, '교단일기'라고 할 만큼 그의 수필은 화제나 주제뿐만 아니라, 말하는 방법에서조차 교육적인 관심과 견해를 반영한다. 작품의 근원으로 작용한 작가의 개인적인 체험이 교육적 관심으로 모아지는 작품이 많다. 수필은 태생적으로 설리적이고 교훈적인 특징을 지니지 않는가? 그의 작품 세계가 교훈적인 성향을 띠는 것은 자연스러운 일이다.

① 아무도 모르게 베풀어지는 이러한 사랑을 통해 학생들이 늘 감사하는 마음으로 자라서 누군가에게 이런 아름다운 선행을 갚을 수 있는 멋진 사람이 되도록 해야겠다.

— 〈사랑의 쌀독〉에서

② 지금의 꿈이 중요한 것이 아니라, 과정을 통해 아름다운 꿈을 이루어가는 학생들의 노력이 더욱 중요하다. 그들이 꿈을 이루어가도록 소질을 계발하고 능력을 길러주는 것이 학교가 해야 할 중요한 일 중의 하나라고 생각한다.

— 〈꿈〉 중에서

③ 나는 농민들에게 많은 것을 배운다. 이른 새벽부터 어두운 저녁까지 밭에서 땀을 쏟는 정성에서, 사나운 비바람에 쓰러진 작물을 일으켜 세우는 그 손길에서 나는 내게 맡겨진 어린이들을 저토록 열심히 기르지 못한 것 같아 마음에 가책을 느낀다.

— 〈밭〉에서

화자의 자기 성찰과 각성, 각오와 다짐 등이 선명하게 드러난다. 말하려는 의도가 분명하다. 그런데 이 수필집 전체를 보면, 주제 의식이 '가르침'의 성격을 강하게 노출할 때도 있으나 대체로 삶의 태도에 대한 아포리즘의 형태를 취한다. 넓은 의미에서 이러한 주제는 교훈적이기는 하지만, 노골적으로 독자를 가르치려고 하기보다는 삶에 대한 다양한 성찰의 모습을 보여주는 편이다.

일반적으로 문학의 교훈성은 심미성을 훼손한다고 생각한다. 양자를 대립 개념으로 파악한다는 말이다. 심미적이 관점에서 윤리 도덕은 문학이 극복해야 할 과제이다. 문학도 예술인 까닭에 문학의 미적 가치를 부정할 수 없다는 것이다. 문학이 심미성을 지향해야 한다는 견해는 동서양을 막론하고 오랫동안 이어져 온 전통이다. 예술의 심미성과 순수성에 대한 믿음은 무의식적으로 수용되기도 하지만, 때로는 견고한 이데올로기로서의 성향을 드러내기도 한다. 예술의 본질적인 요소를 심미성으로 파악하는 것이나, 문학을 예술의 하위 장르로 인식하는 것은 아주 상식적이면서 이데올로기처럼 융통성을 상실할 때가 잦다. 진실함과 선함을 결여한 아름다움은 지속하기가 어렵다. 삶의 지혜나 교훈은 수필의 중요한 요소이므로 교훈적인 요소 자체를 가볍게 여기거나 배척해서는 곤란하다. 중요한 문제는 교훈적인 부분을 작품에서 어떻게 형상화하느냐 하는 점일 것이다.

여기서 김한성 수필의 중요한 특징으로 일화逸話를 들 수 있다. 작가의 체험이나 작품의 제재가 일화 형태로 자주 제시된다. 그의 작품에서 일화는 작가의 직접적인 체험을 근간으로 하는 것도 있으나, 신화와 역사, 고전과 항담과 같은 다양한 통로를 통해 취한 것도 많다. 작가 개인의 체험에 한정되지 않고 그 지평을 넓힘으로써 독자에게 이야기의 다양성과 재미를 더해

준다.

　수필 작품의 중요한 근원이라고 할 수 있는 작가의 체험은 처음부터 반성적이다. 지나간 현존으로서 체험은 과거 속에서 떠돌아다니다가 우연한 기회에 작가에게 다가오는 것이 아니다. 수동적으로 주어지는 것이 아니라 작가가 의도를 가지고 반성적으로 선택하고 구성한 것이 체험이다. 그런데 일화는 이러한 체험을 더욱 구조화시킨 것이라고 할 수 있다. 해석적인 전략에 따라 체험을 다듬어 구체화한 것이 일화이기 때문이다. 일화는 이야기 혹은 서사의 기법이다. 서사는 추상적이고 이론적인 사고를 구체화한다. 작가가 어떤 생각을 직접 설명하지 않고, 구체적인 사건을 통해 간접적으로 암시하는 방법이 서사다. 즉, 서사에서 작가는 말하지 않고 보여준다. 물론 소설의 서사와 수필의 서사는 성격 차이를 보인다. 소설은 상상력을 동원하여 구체적인 서사를 만들어 주제를 형상화하지만, 수필은 경험적 서사에서 특정한 의미를 발견하는 형식이다. 소설의 서사는 완전한 보여주기 방법으로서 그 자체가 하나의 완성물이라면, 수필의 서사는 보편적 의미를 구축하는 과정에 놓인다. 물론 해석적 행위라는 점에서는 같다. 수필의 서사가 소설의 서사처럼 자체로서 완결성을 지니는 것은 아니지만, 관념성을 줄이고 구체성을 확보하는 데 중요한 요소로 작용한다. 이는 수필이 문학적 심미성에 다가가는 중요한 방편의 하나라고 하겠다. 김한성의 수필 세계가 윤리적인 편향성에 함몰하지 않은 까닭을 여기서 찾을 수 있다.

## 해석적 수필 쓰기의 모범

수필 쓰기에서 김한성만큼 다양한 방법을 시도하는 수필가는 흔치 않다. 이러한 다양한 시도는 과도한 실험성을 통해 전시적인 효과를 의도하는 것과는 질적으로 다르다. 그는 누구보다도 수필 창작의 기본을 준수한다. 이는 수필에 대한 자의식의 끈을 늦추지 않기 때문에 가능한 일이다. 무엇보다도 그의 장점은 언어를 절제한다는 점이다. 언어가 가장 절제된 문학은 '시'다. 그렇다고 그의 수필이 시의 경계를 넘나든다는 것은 아니다. 산문의 테두리 안에서 설명적 요소를 최소화하고 있다는 말이다. 수식어를 줄이고, 어려운 한자어나 낯선 고유어를 의도적으로 사용하지 않는다. 가능하면 단초적인 어휘를 우선한다. 그래서 문장의 의미가 언제나 투명하다. 투명하다는 말은 단조롭다는 뜻이 아니라, 작가의 생각이 과장되거나 감정 노출이 과다하지 않다는 것이다. 작품 대부분에서 화자는 한 발 뒤로 물러서서 차분하게 관조하는 자세를 취한다. 그만큼 작가는 겸손하다. 차분함과 안정된 어조는 그의 수필이 갖춘 큰 미덕이다.

김한성 수필의 중요한 특징 중의 하나가 유머다. 교과서 차원에서 수필 특징을 말할 때 '유머와 위트가 있어야 한다'는 언급은 빠지지 않는다. 선뜻 동의하기 어려운 부분이다. 유머나 위트를 담은 수필도 필요하지만, 모든 수필이 그래야 한다는 말은 아닐 것이다. 수필을 종종 주제의 문학으로 인식한다. 중수필류에서 볼 수 있듯이, 다소 무거운 사상이나 철학이 작품의 중심 내용이 될 때가 있다. 유머가 모두 가벼운 것은 아니지만, 이런 주제에 유머의 방법이 잘 어울릴지 모르겠다. 주제의 무게를 손상하지 않고 어조나 분위기의 경쾌함을 유지하기란 쉽지 않다는 말이다. 이런 점에서 수필가 김한성은 남다른 탁월함을 보여 준다. 이번 수필집 제2장에 수록된 작품은 대부분 그 기조가 유머와 위트다. 화자의 이야기 태도가 아주 경쾌하여 읽는 독자를 유쾌하게 한다.

김한성 수필의 중요한 특징 중의 하나는 액자형 구성이다. 소설의 객관적 시점을 차용한 작품을 앞에서 언급한 바 있는데, 그는 이처럼 소설의 기법을 적극적으로 활용한다. 작품 〈돌 이야기〉를 읽어보자. 점심때 어느 식당에 들어갔다. 폭포석 한 점이 화자의 눈길을 사로잡는다. 이를 계기로 일행이 돌 이야기를 한다. 여기까지 외화의 전반부다. 어린 시절 징검다리에 대한 추억, 징검다리를 건너다 물에 빠진 어느 초등학교 교사와 그의 어머니에 관한 에피소드, 머리에 돌을 이고 강을 건너는 아프리카 어느 마을 주민들의 이야기, 먼 여행길에 오른 기러기가 독수리로부터 안전하고자 입에 돌을 물고 침묵을 지킨다는 이야기를 한다. 이것이 액자 내화다. 그리고 "폭포석 하나가 우리들에게 추억도 깨달음도 듬뿍 주었다. 점심이 어느 날보다 맛있었다."라는 액자 외화로 끝맺는다. 여기서 외화는 그 자체로는 별다른 기능을 하지 못하고 단지 내화를 지탱하는 데 봉사할 뿐이다. 하지만, 작가는 여러 작품에서 이러한 액자형 구성을 자주 채용한다. 물론 이 같은 구성이 화제의 비약적인 전환을 준비하기 위한 기교에 불과할 수도 있다. 작품 〈감나무〉에서 학교 교무실에서 교사 한 사람이 쟁반에 홍시를 담아왔다. 그것을 본 화자는 "불현듯이 붉게 익은 감으로 불을 켠 듯 화려할 전임지 학교가 떠올랐다."라고 하면서 전임지인 청도의 감나무 이야기로 전환한다. '불현듯 혹은 우연히 생각이 났다' 는 식으로 화제를 전환하는 방식은 상투적이다. 하지만, 수필이나 소설의 서사에서 액자 형식은 이야기 전환을 자연스럽게 해주고 현장감을 살리는 기본적인 구성 방법이다. 이 같은 방법 채용은 수필에 대한 자의식 없이는 불가능하다.

　수필은 일어났던 일, 즉 작가 체험에 대한 해석이라 할 수 있다. 해석은 의미와 가치를 발견하는 작업이다. 수필의 재료로 채택한 사물이나 일이 어떤 의미와 가치를 지닌다는 판단은 일단 작가의 몫이므로 주관성을 벗어날 수 없다. 그런데 주관적이기는 하지만 작가의 임의적이고 즉흥적인 느낌이나 판단으로서는 독자에게 설득력이 없다. 작가는 보편성을 지향하는 자기 나름의 의미와 가치 생성의 근거를 마련해야 한다. 일반적으로 의미는 동일성에 의해 생성된다. 객체와 주체, 개별적인 현상과 개념적 사고, 자연물과 정신 사이의 동일성이 의미의 터전이다. 그런데 수학적 기호를 제외하고는 이 동일성에는 항상 빈틈이 생기기 마련이다. 이 빈틈에서도 둘을 어떻게 적절하게 연결하는가가 문제인데, 이는 전적으로 작가의 창의성의 몫이다. 아도르노 같은 철학자는 아예 처음부터 동일성을 부정하고 보편적 개념 속에 용해되지 않는 개별적인 것의 독자성을 인정하는 것이 에세이 쓰기라고 하였다. 구체적인 사태와 개념 사이의 빈틈 없는 동일성을 전제한 해석적 글쓰기는 상투적인 논리나 주장에서 머물고 말 것이다. 사물과 사태를 바라보는 작가의 시각은 축소되고 고정될 가능성이 커진다. 문학에서 중요한 것은 세계를 인식하는 작가의 열린 시각이다. 문학이 해석적 글쓰기라고 했을 때, 그 해석은 궁극적으로 비동일성을 작품 속에 어떻게 담아내느냐의 문제일 것이다.

① 칠판을 향해 눈망울을 반짝이는 어린이들이 한 포기 해바라기라는 생각이 들 때가 있다. 진리란 태양을 따라 열심히 고개를 쳐들고 있는 해바라기라는 생각이……. 태양을 닮아버린 해바라기처럼 어린이들도 자꾸만 누군가를 닮으려는 성질이 있다.

② 나는 가끔 해바라기의 곁가지를 잘라 준다. 더 큰 꽃을 한 송이만 피우게 하기 위해서다. 어린이들을 가르치는 데도 곁가지를 잘라 주는 정성이 필요하다. 이 또한 그들이 해바라기를 닮은 점이라 할 수 있다.

③ 올해도 가을이 되면 잘 익은 해바라기 한 송이를 줄기째 꺾어서 눈에 잘 띄는 장소를 택해 내 작은 방에 걸어 두리라. 그 까만 꽃판에 박힌 작은 씨앗들이 하나하나 그리운 얼굴들이 되어

내 눈앞에 나타나기를 간절히 바라면서.

　〈해바라기〉라는 작품의 세 부분이다. 이 작품의 골격은 해바라기와 어린이의 동일성 인식이다. 어린이의 속성을 '해바라기'라는 구체적인 사물을 통해 말한다. ①에서는 무엇인가 배우고 누군가를 닮으려고 한다는 점, ②에서는 한 얼굴을 가지도록 가르쳐야 한다는 점, ③ 해바라기의 까만 씨앗 같은 어린이들의 얼굴이 그립다는 점을 말한다. 해바라기와 어린이 사이에서 발견한 동일성이 다채롭고 열려있다. 열려있기 때문에 동일성에 의한 양자의 연결은 참신한 느낌을 준다. 이는 대상을 새롭게 발견하는 것이며, 문학의 궁극적인 모습이다. 이 같은 모범적인 해석적 글쓰기는 김한성의 창작방법의 중요한 특징이다.

　이상에서 보는 바와 같이, 수필가 김한성은 자기만의 독특한 창작방법을 꾸준히 탐색하고 그것을 작품에 실현하고 있다. 이러한 노력이 한층 더 성숙하여 그의 수필세계의 지평을 넓히는 데 이바지할 수 있기를 기대한다.

『에세이 문학』 2010년 여름호